KB215402

_____ 에게

당신이 정말로 잘되길 바라는

_____ 로부터

당신이 정말로 잘됐으면 하는 마음에

건네며

항상 당신을 응원합니다

괜찮다는 위로가 너무 흔해진 세상에서 누군가는 이제 괜찮지 않아도 괜찮다고 말하지만, 그래도 저는 우리가 정말로 괜찮기를 바라는 마음에 이 글을 씁니다. 괜찮지 않다는 거, 참 힘들잖아요. 아직 저는 괜찮지 않아도 괜찮다는 게 어떻게 하는 건지, 그리고 그게 왜 괜찮은지도 잘 모르겠습니다.

살다 보면 그런 날이 있습니다. 세상에 나 혼자만 떨어져 있는 것 같고, 남들은 다 잘 살고 있는데 나만 뒤처지는 기분이 들 때. 누군가와 함께 있어도 여전히 외롭다는 생각이 들고, 모든 걸 내팽개치고 숨어 버리고 싶을 때. 나름 최선을 다해 살고 있는 것 같은데, 그럼에도 미래는 어둡고 답답하게만 느껴질 때.

그런 느낌이 들 때면 저는 괜찮다고 저를 다독였습니다. 괜찮다는 말로 상황이 달라지지는 않겠지만 "괜찮아, 괜찮아." 라고 되뇌다 보면 정말로 괜찮아지기도 했으니까요. 남들이 다 괜찮지 않다고 하더라도 나만큼은 나에게 괜찮다고 말해 줘야 하지 않을까요.

삶에 지쳐 힘들어하는 사람을 보면 마음이 슬퍼지는 이유는 아마도 그 모습에서 제가 보이기 때문일 겁니다. 산다는 게 참 어렵게만 느껴지고 내 마음 같지 않을 때. 심지어 내 마음마저도 내 마음대로 되지 않을 때. 그렇게 괴로워하던 시절의 제 모습을 힘들어하고 있는 당신에게서 봅니다.

뇌과학적으로 사람은 자기 자신보다 다른 사람을 더 사랑할 수 없다고 합니다. 하지만 세상에는 분명 사랑하는 사람을 위해 자신을 희생하는 이들이 있고, 자기 자신보다 타인의 행복을 더 바라는 이들이 있습니다. 그렇게 할 수 있는 이유는 사랑함으로써 '나'의 영역이 확장되어 상대방까지도 자신의 일부라고 뇌가 착각하기 때문이라고 합니다.

사랑을 통해 '나'의 개념을 당신에게까지 확장할 수 있다면, 당신을 위로하는 것은 결국 저를 위로하는 것과 마찬가지일 겁니다. 그러니까 저는 당신을 통해 제 마음도 위로받고 싶다는, 어쩌면 이기적인 마음으로 당신을 위로할 거예요.

부디 제가 사랑을 담아 쓴 이 글이 당신에게 조금이라도 힘이 되었으면 합니다. 여행이 즐거운 이유는 돌아올 집이 있기 때문이겠죠. 돌아올 곳이 없다면 여행이 그리 즐거울 수만은 없을 겁니다. 삶이 여행이라면, 이 책은 당신에게 집 같은 곳이 되었으면 좋겠습니다. 사는 게 힘에 부칠 때 언제든 돌아와 위로를 얻고 쉴 수 있는 안식처가 되기를 바라요.

당신이 조금 덜 힘들었으면 좋겠고, 덜 슬펐으면 좋겠습니다. 지금 삶이 어둡고 길게만 느껴져도 그 어두운 터널에는 끝이 있다는 걸 알았으면 좋겠습니다. 울고 싶어질 때는 마음을 숨기지 말고 펑펑 울고, 혼자인 것처럼 느껴질 때도 혼자가 아니라는 걸 알았으면 좋겠습니다.

반드시 높은 곳에 오르지 않아도, 많은 것을 이루지는 못하더라도, 당신이 당신의 자리에서 밝게 빛나기를 바라요. 그저 오늘 하루가 어제보다 조금 더 나았기를. 내일은 오늘보다 조금 더 따뜻하기를. 그리고 오늘보다 내일 더 당신이 잘되기를 바라는 마음으로, 항상 당신을 응원하겠습니다.

저는 당신이 정말로 잘됐으면 좋겠습니다.

I

당신이 더 잘 살기를
바라는 마음에

II

당신과 행복하기를
바라는 마음에

III

당신이 아프지 않기를
바라는 마음에

IV

당신을 아껴 주기를
바라는 마음에

제1장

당신이

더

잘 살기를

바라는

마음에

말뿐인 위로일지언정

위로받지 못하는 마음보다야

위로받는 마음이 낫기 때문이고,

그렇게라도 당신의 마음이

조금이나마 나아질 수 있다면

백 마디 말이라도

건네주고 싶은 마음 때문이다.

그러니 오늘도 당신에게 진심을 담아

괜찮다는 말 한마디를 건네고 싶다.

다 잘될 거라고,

정말 잘하고 있다고.

삶에 지친
당신에게
보내는 편지

어느 날, 갑자기 많이 지쳤다는 생각이 들었습니다. 평소보다 짜증이 늘고 주위 사람들에게 틱틱대는 제 모습을 보았거든요. 괜찮은 척 살아왔지만 사실은 많이 힘들었나 봐요. 쳇바퀴처럼 돌아가는 매일도, 내 마음대로 되지 않는 인간관계도, 열심히 살아도 더 나아질 거라는 보장이 없는 미래도. 저는 많이 지쳐 있었습니다.

밑동이 빠진 젠가처럼 위태롭게 서 있다가도 '또 힘을 내야지.' 다짐하며 하루를 살지만, 누군가 툭 치면 무너져 버릴 것만 같은 기분. 아마 저뿐만 아니라 많은 분들이 느끼는 감정이 아닐까 싶어요.

살다 보면 우울한 날도 있고 많이 지치는 날도 있지요. 몸은 괜찮아도 마음이 부치는 그런 날. 남들은 제

자리에서 자기 몫을 다하며 잘 살아가고 있는 것 같은데 나만 뒤처지는 것 같은 날이.

하지만 그건 당신이 나약해서가 아니라 그만큼 열심히 살아왔다는 뜻이니, 스스로를 탓하지 말고 그간 고생한 자신을 따뜻하게 안아 줬으면 해요. 나를 가장 인정해 줘야 할 사람은 나고, 내가 가장 인정받고 싶은 사람도 다른 누군가가 아닌 바로 나이니까요.

지치는 날엔 잠시 쉬어 갔으면 좋겠어요. 이런 식으로 말씀드리면 어떻게 쉬어야 하는지 물어보는 분들이 많습니다만, 사실 저도 잘 모르겠습니다. 사람마다 상황이 다르고 취향이 다르니 정해진 방법은 없을 거예요. 그저 제가 드릴 수 있는 말은 본인의 안식처가 되어 줄 만한 것을 찾고 좋아하는 것들로 주위를 가득 채웠으면 좋겠다는 말뿐입니다.

저는 마음이 아주 힘들 때면 짧게라도 혼자서 여행을 떠나거나, 만약 일이 많아서 여행을 가지 못하면 아예 집에 틀어박혀 있곤 합니다. 침대로 파고들고, 책에 파고들고, 뭔가에 파고듭니다.

여행을 가는 것과 집에 틀어박히는 것이 반대되는 일처럼 보일 수 있지만 사실 본질은 같을지도 모르겠습니다. 김영하 작가는 여행이란 'somebody에서 nobody가 되는 것'이라고 했습니다. 나를 아는 사람이 없는 곳으로 가 철저히 외톨이가 되는 것, 그것이 여행이라구요. 홀로 집에 틀어박히는 것도 여행과 마찬가지로 나를 고립시키고 혼자만의 시간을 가지는 것이라고 하면 결국 같은 것이 아닐까 합니다.

하지만 이건 제 방법일 뿐, 누군가는 친구를 만나서 수다를 떠는 것일 수도, 술을 마시는 것일 수도, 잠을 자는 것일 수도, 운동을 하는 것일 수도 있겠지요. 그러니 좋아하는 것을 많이 찾고 그것을 충분히 누렸으면 좋겠습니다.

살다 보면 행복한 날들보다 힘들고 괴로운 날들이 더 많은 것이 사실입니다. 그래도 100일 중에 한 번쯤 있는 즐겁고 행복한 기억 덕에 나머지 99일을 또 살아가지요. 그러니 부디 사소하더라도 행복한 추억들을 많이 만들어 가길 바랍니다.

당신이 더 잘 살기를

많이 지쳐 있다는 건 그동안 많이 애썼다는 뜻이기에 그간 애써 온, 그리고 앞으로도 애쓸 당신을 응원하는 마음으로 이 편지를 보냅니다.

행복은 늘 어제 같고
슬픔은 늘 오늘 같다

사람은 추억으로 살아간다는데 좋아하는 것들이 슬픈 추억으로 뒤덮인 사람은 어떻게 살아야 할까. 마지막 기억이 슬픔으로 가득한 사람은 어떻게 살아야 할까. 이 슬픔이 또 다른 슬픔으로 묻히려면 얼마간의 시간이 흘러야 하고, 얼마큼의 좋은 기억을 쌓아야 할까.

하지만 좋은 기억들은 쌓고 싶다고 항상 쌓을 수 있는 것이 아니며, 아직은 그때가 아닌 것 같아 여전히 슬프다. 나는 아직 행복이 무엇인지 몰라 늘 슬픔을 또 다른 슬픔으로 덮으려 하기에 앞으로도 자주 슬플 것 같다.

그러고 보면 행복은 늘 어제 같고 슬픔은 늘 오늘 같다. 특별히 행복하지는 못하더라도 유난히 슬프지

당신이 더 잘 살기를

않기를 바랐는데, 왜인지 기쁜 일보다는 슬픈 일들이 더 자주 찾아오는 듯하다. 슬픔이 기쁨보다 더 강한 것일까. 슬픈 일들은 오랜 시간이 지나도 마치 지금 같은데, 기쁜 일들은 조금만 지나면 다 옛날 일처럼 느껴진다.

행복하기 위해서는 오늘의 작은 행복들을 즐길 줄 알아야 한다고 말하지만, 그 사실을 알면서도 나는 그게 참 어렵다. 언젠가는 나도 슬픈 일들보다는 좋은 일들을 더 많이 떠올리며 웃을 수 있을까. 아직은 슬픔이 행복보다 더 가깝게 느껴지는 나이지만, 그래도 언젠가는 행복이 오늘 같고 슬픔이 어제 같이 느껴지는 날이 왔으면 좋겠다.

괜찮아

 "괜찮아."라고 말했지만 사실은 괜찮지 않았다. 내가 아무리 무디고 감정의 변화가 작은 사람이라 하더라도 상처받지 않는 건 아니었으니까.

 나의 "괜찮다."라는 말에는 포기라는 감정이 포함되어 있었다. 내가 이제 와서 어찌할 수 없는 것들에 대한. 이미 지나가 버린, 벌써 벌어져서 돌이키기엔 너무 늦은 것들에 대한. 괜찮지 않다고 해서 할 수 있는 것은 아무것도 없기에 그저 괜찮다는 말로 끝맺는다.

 나의 "괜찮아."라는 말은 사실 괜찮지 않다는 말이었다.

 나를 내버려두지 말라는,
 나를 떠나지 말아 달라는 말이었다.

담백하게
단순하게

담백하고 단순하게 살고 싶다.

이것저것 재지 않고, 빙빙 돌리지 않고, 배배 꼬지도 않고. 질투하지도 않고, 시기하지도 않고, 남의 불행을 바라거나 남의 불행에 기뻐하지도 않고. 어려운 일이 있더라도 도망치지 않고, 회피하지 않고, 당당히 맞서면서.

다가오는 불행은 슬프더라도 겸허히 받아들이고, 다가오는 행복은 온전히 누리면서 그저 담백하게 살고 싶다. 내가 아무리 복잡해도 이 세상보다 복잡할 순 없고, 아무리 어지러워도 이 세상보다 어지러울 순 없으니까.

그렇다면 최대한 담백하게 사는 것이 좋지 않을까.

다른 사람의 시선은 신경 쓰지 않고 내 할 일만 하면서, 나에게 집중하면서, 그렇게.

작은
낭만

작은 낭만쯤은 챙길 줄 아는 사람이 좋다. "빼빼로 데이 같은 거 다 상술이야." 라고 말하기보다는 그게 상술임은 너도나도 알지만 그래도 기분이라며 편의점에서 산 빼빼로 한 통을 건넬 줄 아는 사람. 꽃집을 지나다가 내 생각이 났다며 꽃 한 송이를 선물하는 사람.

생일이면 12시 정각에 전화해 가장 먼저 축하해 주고 싶었다며 생일 축하한다고 말해 주는 사람. 특별한 날이 아니어도 그냥 잘 어울릴 것 같아서 샀다며 작은 선물 하나 건넬 줄 아는 사람.

특별히 대단하거나 거창한 게 아니더라도, 이런 작은 낭만쯤은 품고 사는 사람이 좋다.

당신이 정말로
잘됐으면 하는
마음에

매일 아침 단톡방에 파이팅이라고 올려 주는 친구가 있다. 월요일엔 월요팅, 화요일엔 화요팅, 수요일엔 수요팅. 사실 누가 파이팅이라고 외친다고 해서 특별히 힘이 나거나 하진 않는다. 어떤 말이든 그저 공허하게 들릴 뿐이다.

그래도 사람이 말하는데 무시할 수는 없는 노릇이라 그 방에 있는 다른 사람들도 하나둘씩 파이팅을 외치기 시작했고, 그렇게 매일 다 같이 파이팅을 외치며 하루를 시작하게 되었다.

하루 이틀 점점 시간이 지나면서 그 친구가 늦잠을 자거나 깜빡하고 파이팅을 외치지 않으면 다른 사람이 먼저 외치기도 하고, 왜 오늘은 파이팅이라고 하지 않느냐며 그 친구를 찾기도 했다. 공허한 외침이던 것

당신이 더 잘 살기를

이 조금씩 우리 마음에 스며들어 하루를 시작하게 하는 주문 같은 것이 되었다.

세상이 발전하고 고도화될수록 삶은 더 편안해지고 걱정거리가 줄어야 마땅할 듯한데, 웬일인지 세상은 반대로만 흘러가고 있는 것 같다. 세상이 발전할수록 살기는 더 퍽퍽해지고 원하는 것들은 점점 멀어져만 가니까.

나도 위로가 필요한 누군가에게 멋들어지는 위로를 건네고 싶지만 사실 아직도 잘 모르겠다. 어떤 게 좋은 위로이고, 어떻게 해야 위로가 되는 것인지. 학창 시절이나 인터넷을 통해 어깨너머로 배운 공감법들은 그리 큰 위로가 되지 못하는 것 같다. 나만 해도 그런 말들에서 특별한 위로를 얻지 못하니까.

위로가 서툰 나는 오늘도 어쩔 수 없이 틀에 박힌 말만 내뱉고 만다. "괜찮아, 다 잘될 거야." 같은 말들. 하지만 그렇게 말하는 나도 실은 알고 있다. 괜찮지 않을 수도, 잘되지 않을 수도 있다는 것을.

그럼에도 그런 말을 건네는 이유는 당신이 정말로 잘되기를 바라는 마음 때문이고, 당신이 잘되리라는 것을 무조건적으로 믿어 주는 사람이 한 사람쯤은 있어야 하기 때문이다.

말뿐인 위로일지언정 위로받지 못하는 마음보다야 위로받는 마음이 낫기 때문이고, 그렇게라도 당신의 마음이 조금이나마 나아질 수 있다면 백 마디 말이라도 건네주고 싶은 마음 때문이다.

그러니 오늘도 당신에게 진심을 담아 괜찮다는 말 한마디를 건네고 싶다. 다 잘될 거라고, 정말 잘하고 있다고.

외롭고
허전한 밤이
늘어 갈수록

다시 한번 살아 보고 싶은 날이 있듯, 그다지 살고 싶지 않은 날들이 있다. 특별히 나쁜 일이 있는 건 아니지만, 특별히 좋지도 않은 하루.

이런 밤이 찾아올 때면 나는 특히나 외로워진다. 가끔은 이 외로움을 달래 줄 누군가를 찾아볼까 싶기도 하지만 대부분은 그럴 힘조차 남아 있지 않을 때가 많다. 그럴 때는 그저 혼자 멍하니 누워 잠이 오기만을 기다리거나, 이불 속에 나만의 동굴을 만들어 놓고 펑펑 울고만 싶다.

이토록 외롭고 허전한 밤을 세아리는 날들이 늘어 갈수록 사람은 점점 나약해진다. 힘든 나날의 연속이지만 주위 사람들에게 말하기도 어렵다. 나의 우울을 내 소중한 이들에게까지 옮기게 될까 봐. 내 소중한 사람들에게는 좋은 것만 주고 싶기에.

그럴 때면 사람은 새로운 관계에 취약해지게 된다. 이전 같았으면 눈길조차 주지 않았을 이에게 마음을 허락하기도 하고, 나에게 해로운 관계임을 알아도 다시 시작될 외로움이 무서워 잘라 내지 못한다.

이럴 때일수록 새로운 관계보다는 기존의 관계에 매달리고 그들과의 사이를 더 공고히 하자. 그간 내 곁을 지켜 준 소중한 사람들, 그들을 조금 더 믿고 의지해도 괜찮다. 이런 나의 상태를 알고 나면 못 본 체하지 않고 분명 한달음에 달려와 줄 테니까.

혹여 내 사람이라 믿었던 사람들이 나의 외로움을 외면할까 봐 의구심이 든다면 반대로 생각해 보자. 내 소중한 이들이 힘겨워하고 있을 때 나는 어떻게 할 것인지. 나는 도움을 요청하는 그들의 손을 뿌리칠 것인지, 아니면 있는 힘껏 잡아 줄 것인지.

만약 내가 모든 일을 내려놓고서라도 그 손을 잡아 주고 싶은 사람이라면, 그 사람도 분명 그럴 것이다. 관계란 한쪽으로만 흘러서는 성립되지 않는다. 그간

당신이 더 잘 살기를

양방향으로 서로 오고 간 애정이 있기에 성립된 것이다. 나에게 그 정도로 소중한 존재라면, 상대에게 나도 그럴 것이다.

그러니 의심하지 말자. 나도 누군가에게 소중한 사람이라는 것을. 바라건대 더 이상 긴긴밤을 홀로 고독 속에서 지새우지 않기를. 지칠 때면 언제든 기대고, 따뜻하게 품어 주며, 그렇게 서로를 믿고 함께 새벽을 맞이할 수 있기를.

기억에도
지우개가 있다면

우리 기억에도 지우개가 있다면 어떨까. 조금 흔적이 남더라도 잊고 싶은 기억, 잊고 싶은 사람 같은 것들을 한 번에 지워 버릴 수 있다면. 아픈 기억도, 슬픈 기억도 그렇게 모두 덜어 내 버리면 우리는 조금 더 행복할 수 있을까.

잊으려 하면 할수록 잊어야 한다는 생각 때문에 잊고 싶은 것들이 다시 떠오른다. 그럴 때마다 나는 또 한 번 슬퍼지지만, 그리운 추억들을 떠올리다 보면 한편으로는 기억에는 지우개가 없다는 것이 참 다행이라는 생각이 들기도 한다.

어리석은 나는 한순간의 고통 때문에 소중한 기억마저 지워 버릴 것이다. 하지만 부끄러운 기억도, 아픈 기억도 모두 기억해야 더 나은 내가 될 수 있다. 그래

당신이 더 잘 살기를

야만 같은 실수를 반복하지 않을 테니까.

그리고 이 모든 기억을 간직하고 있어야 먼 훗날 지금을 추억하며 '그때 그런 일도 있었지.' 하고 웃을 수 있을 테니까.

언젠가 꼭 그런 날이 왔으면 좋겠다. 당신도, 나도.

작고
소소한 행복으로
살아갑니다

있잖아, 어쩌면 행복은 정말 작은 게 아닐까. 가끔 그런 날이 있어. 거창하게 특별한 일을 하지 않아도 왠지 만족스러운 하루. 생각해 보면 뭔가 대단한 일을 한 건 아니지만 평소와는 약간 달랐던 하루. 뭐가 다르냐 물으면 너무 평범한 것들이라 나도 뭐라 대답해야 할지 모르겠는데, 그 평범함이 새롭게 다가오는 그런 날.

한동안 연락하지 못한 친구에게 오랜만에 연락이 온다든가, 언제 밥이나 한 끼 하자는 인사치레에 눈치 없이 정말로 약속을 잡아 버린다든가, 버스를 타고 가다 창밖을 봤는데 늘 보던 풍경이 유난히 평화로워 보이기도 하지. 나만 보면 도망가던 고양이가 어느 날 갑자기 내 무릎 위로 올라와 주는 그런 날이 있어.

당신이 더 잘 살기를

특별하고 행복한 일들이 매일매일 나를 찾아와 준다면 얼마나 좋겠냐만, 세상 사는 일이란 게 그렇게 특별하지만은 않잖아. 삶이란 게 참 녹록지 않아서 우리는 대부분의 나날을 쳇바퀴 돌듯 살아가지. 하지만 결국 우리의 삶을 지탱해 주는 것은 그 정해진 시간 속에서 묵묵히 우리 곁을 지키고 있는, 평소에는 당연하다 생각해 의식하지 못했던 것들이 아닐까.

어떤 날은 예상치 못했던 큰 선물을 받기도 하지만 가끔 일어나는 크고 중요한 일들은 각박한 세상을 살아가는 우리에게 주어진 특별한 이벤트 같은 것이기에, 아무리 큰 기쁨이라도 며칠만 지나면 사그라들게 돼. 그런 특별함에 취해 평범한 나날들을 잊지 않았으면 해. 결국 우리 삶을 만들어 가는 것은 켜켜이 쌓아 온 평범하디 평범하고, 작고 사소한 시간들이니까.

나 역시도 마음이 힘들고 바쁘다는 핑계로 주위의 소중하고 당연한 것들을 자주 잊곤 해. 밤하늘을 비춰 주는 달과 별, 잔물결에 반짝이는 햇빛, 콘크리트 사이로 피어난 한 송이 민들레같이 그저 고개만 살짝 돌려봐도 작고 사소하지만 내가 사랑하는 것들이 이렇게나 많은데 말이야.

있잖아, 이런 작고 사소한 것들이 오늘도 나를 살아가게 해.

당신이 더 잘 살기를

그런
하루

혼자 맞는 아침이 외롭지 않은 하루.

슬픈 기억들로 아파하지 않는 하루.

하루의 끝에서 웃음 지을 수 있는 하루.

밤새 뒤척이지 않고 편히 잠들 수 있는 하루.

그런 하루들로 우리의 삶이 가득했으면.

당신은
무언가에
미쳐 본 적이 있나요

인터넷을 뒤적거리다가 소위 '오타쿠'라고 불리는 사람들이 모여 춤을 추는 모습을 보았다. 그들은 강당처럼 보이는 곳에서 애니메이션의 음악에 맞춰 단체로 춤을 추고 있었다. 어떤 이들은 맨손으로, 어떤 이들은 야광봉을 흔들며 각양각색이었으나 열정이 없는 이는 없었다.

동작을 아는 사람은 현란하게 움직이고, 잘 모르는 사람은 눈치껏 따라 추면서 모두가 그 분위기를 즐겼다. 많은 이들이 인터넷 화면 속 그들을 조롱했지만 나는 참 멋지다고 생각했다.

나도 어릴 적부터 만화책을 읽으며 자랐고, 나이가 들어서도 수십 편의 애니메이션과 일본 드라마를 보며 한 오타쿠 한다고 생각했는데, 아득히 먼 심연을

당신이 더 잘 살기를

마주하고 나니 절로 겸손해졌다. 나는 그들이 말하는 '진짜'가 되기에는 아직 멀었던 것이다.

무언가에 미쳐 있는 사람을 보면 남에게 피해를 주지 않는 한 그것이 무엇이든 참 멋있어 보였다. 그것이 게임이든, 애니메이션이든, 일이든, 사랑이든, 무엇인지는 상관없었다. 온 마음을 다할 만큼 좋아하는 것이 있다는 것 자체가 부러웠으니까. 그런 그들을 바라보며 나는 한 번이라도 무언가에 미쳤던 적이 있었을까 하고 생각해 보았다.

여러 가지 좋아하던 것들이 있었으나 내 삶에 가장 큰 흔적을 남긴 것은 아무래도 공부였다. 너무 모범적인 답안이라 재미없게 들릴지도 모르겠지만, 나에게는 재수 시절에 했던 공부가 그랬다. 물론 공부가 재밌어서 한 건 아니었고 열등감, 자책 같은 것들에 쫓겨 나를 갉아먹으면서 했던 것이긴 하지만, 지금 생각해 보면 그때의 나는 정말 미쳤었던 것 같다.

학창 시절, 공부를 그리 잘하는 편은 아니었는데 주제에 꿈은 컸다. 꿈이 큰 만큼 공부도 열심히 했으면 좋았으련만 그러지도 않았던지라, 수능에서는 딱 평소

성적만큼의 점수를 받았고 원하는 대학에는 원서도 써 보지 못했다.

그래서 재수를 선택하고 정말 미친 듯이 공부만 했다. 친구도 만나지 않고 좋아하던 게임도 끊고 오로지 공부에만 몰두했다. 밥 먹는 시간조차 아까워 점심, 저녁 시간에는 식당으로 향하는 다른 학생들을 뒤로하고 자습실로 내려가 김밥을 먹으면서 공부했고, 등·하원 길에는 영어 듣기를 하고 쉬는 시간에는 수학 문제를 풀었다.

그렇게 1년을 고생한 끝에 결국 원하던 대학에 입학할 수 있었다. 재수 학원에 등록하기 전, 여러 학원을 전전하며 상담을 받을 때마다 목표가 너무 높다며 불가능하다고 말하던 곳이었다. 모두가 안 된다고 말렸지만 오직 한 가지 목표만을 바라보며 거기에만 미쳐 있었기에 가능했던 일이었다.

그러니 당신도 무언가에 한 번쯤은 미쳐 봤으면 좋겠다. 사랑이든, 공부든, 일이든, 하다못해 노는 것에라도. 그것이 내 업이 될지, 한때의 열기로 사그라들지는 모르겠지만, 무언가에 미쳐 본 사람에겐 흔적이 남는다.

당신이 더 잘 살기를

치열하게 일 년을 살아 낸 나무에는 나이테가 생긴다. 겉으로는 보이지 않고 내면에 쌓이고 있기에 베어 내기 전에는 그 치열함과 세월을 알 수 없겠지만, 그래도 차곡히 포개지고 있는 것이다.

그렇게 쌓이고 쌓여 오랜 세월을 버텨 낸 나무는 베지 않아도 누구나 알 수 있는 거목이 되어 존재감을 내뿜는다. 이처럼 무언가에 미쳐 본 사람에게서는 남다른 기풍이 느껴진다. 경험에서 비롯된 자신감이 단단한 눈빛에 서려 있고, 툭 던진 한마디에도 무게가 실린다. 무언가에 미쳤던 경험은 단순히 한순간의 열정으로 끝나는 것이 아니라 그렇게 몸과 마음에 새겨지는 것이다.

그러니 무엇이든 간에 당신을 미치게 할 무언가에 흠뻑 빠져 보았으면 좋겠다. 당신에게 새겨진 나이테가 많아질수록, 당신의 밑동이 굵어질수록, 당신에게 새겨진 삶의 흔적이 당신을 더 반짝이게 할 테니.

✦

나이가 들면서 깨닫는 것

1. 세상에 공짜는 없다.

2. 하지만 모든 것을 꼭

   돈으로 갚아야 하는 것은 아니다.

3. 사람은 생각보다 잘 죽지 않는다.

4. 그런데 또 쉽게 죽기도 한다.

5. 영원한 내 편은 없다.

6. 영원한 적도 없다.

7. 하늘이 무너져도 그런대로 살 만하다.

8. 결국 모든 것은 지나가지만,

   좀 더 늦게 지나가는 것도 있다.

9. 아픈 것도 익숙해지면 덜 아프게 느껴진다.

10. 그렇다고 아프지 않은 것은 아니다.

이제는
잊어버릴 시간

집에서 술을 숙성시켜 나만의 위스키를 만들어 보고 싶어 가정용 오크통을 샀다. 술을 좋아하기에 더 맛있는 술을 마시고 싶었고, 주위 사람들에게 선물하기도 좋겠다는 생각이 들었다. 가장 중요한 건 어디 가서 술을 내밀며 "제가 숙성시킨 술이에요."라고 말하면 좀 있어 보일 것 같아서였다.

욕심이 많은 나는 남들이 하고 사는 건 다 해야 직성이 풀린다. 남들이 잘 하지 않는 건 더 하고 싶다. 유행의 초입에 시작해서 완전한 유행이 되면 그만두는 것. 그 분야의 선구자인 척하길 좋아하는 사람. 그것이 나다.

무언가에 돈을 쓰기 전에 며칠쯤은 고민하는 시간을 가져 볼 만도 한데, 그런 과정 없이 결제 버튼부터 누르는 나를 보고 누군가는 너무 충동적인 게 아니냐며 만류할 것이다. 하지만 이미 내가 숙성시킨 술을 마실 수 있다는 생각에 마음이 빼앗긴 터라 원래 이런 건 충동적으로 사는 거라며 거금을 들여 굳이 오크통을 사고야 말았다.

가끔 그럴 때가 있다. 굳이 할 필요도 없고 그것이 돈 낭비, 시간 낭비라는 것을 알면서도 굳이 하고 싶을 때가. 그리고 나는 그것을 '낭만'이라고 부른다. 실제로 그것이 낭만적인 행동인지, 비합리적인 충동에 패배했을 때 그것을 합리화시키기 위한 핑계인지는 나도 확신할 수 없지만.

오크통에 술을 숙성시키려면 우선 통에 물을 채워 일주일 정도 불리는 과정을 거친다. 통 곳곳에 눈에 보이지 않는 틈이 있어 그대로 술을 담으면 그 사이로 술이 새어 나오기 때문이다. 그 후, 아직 나무 향이 너무 강하기에 도수가 높은 술을 가득 채워 두 달가량 오크통의 힘 빼기 작업을 진행하고, 그다음에는 와인을 가득 채워 다시 두 달가량 통에 향을 입힌다.

당신이 더 잘 살기를

그러고 나면 이제야 숙성시킬 술을 넣을 수 있는데, 여기까지 걸린 기간만 해도 넉 달이 넘으므로 내가 담은 술을 마시기까지는 오크통을 사고 난 후 반년에서 1년가량이 걸리는 것이다.

무언가를 숙성시킬 때 가장 중요한 과정은 그것을 잊어버리는 것이다. 숙성되는 데는 짧게는 3개월, 길게는 몇 년이 걸리는 일이므로 기대하는 마음으로 기다리다 보면 조급해지고야 만다.

오늘은 어떤 맛일까, 아직 숙성이 덜 됐을까, 한 잔씩 마시다 보면 숙성이 채 되기도 전에 술은 동나고 말 것이다. 꺼내 마시지 않는다 하더라도 몇 달 동안 의식하며 기다리다 보면 마음이 먼저 지쳐 버리고 만다. 그러니 이럴 때는 잊어버리는 게 상책이다.

잊어야 하는 마음들이 있다. 아직 드러낼 만큼 익지 않아 숙성되기를 기다려야 하는 마음. 못다 핀 사랑이나 버리지 못한 그리움 같은 것들. 누군가를 향한 마음이 싹을 틔웠으나 아직 여물지 않아 표현하지 못하는 마음들. 그런 마음은 곧바로 드러내기보다는 조금 더 잘 표현할 수 있을 때까지 속에 담아 둔다.

그렇게 담아 두고 잊고 있던 마음은 시간이 지나며 숙성되어 적절한 때가 오면 갑자기 수면 위로 떠오르곤 한다. 그러면 그제야 편지를 쓰거나 메시지를 보내 마음을 표현하는 것이다.

술에도, 글에도, 그리고 그것을 쓰고 담는 마음에도 알맞은 때라는 것이 있다. 지금 이 마음은 얼마나 잊혀 있을까. 얼마큼 지나야 맛있게 숙성될까. 이제 잊어버릴 시간이다. 부디 이 마음이 맛있게 익어 가길 기도하며.

야화

　봄이면 여기저기서 꽃 사진이 올라오곤 한다. 그 사진들을 보면서 의아했던 점은 유독 밤에 찍은 사진이 많다는 것이었다. 처음에는 이상했다. 햇살 좋은 날, 푸른 하늘과 함께 찍는 꽃이 더 예쁘지 않나. 그보단 캄캄한 밤에 조명을 받아 빛나는 꽃들이 더 예뻐서, 그래서 다들 밤에 사진을 찍는 것일까.

　어느 부슬비 내리는 밤, 봄비를 맞으며 산책하다 만난 벚꽃을 찍다가 문득 깨달았다. 다들 시간이 없었구나. 낮에는 학교에서, 직장에서, 각자의 삶을 살아가느라 밤이 돼서야 한숨 돌리며 꽃을 보는구나.

　힘들고 치열하게 자신의 삶을 살다가 집으로 돌아가는 지친 발걸음이 멈춘 곳이 벚꽃 나무 아래였구나. 흐드러지게 핀 예쁜 꽃을 보고 사진 한 장 찍으며 위로를 얻고, 내일 하루를 살아갈 힘을 얻는 것이었구나.

한 송이 꽃을 피워 내기 위해 치열했던 것은 나무
만이 아니었다. 우리도 이토록 힘든 삶을 살아 내기
위해 어제도, 오늘도 이리 치열하게 살고 있었다.

당신이 더 잘 살기를

걱정을 많이 하면
걱정이 는다

걱정과 관련해서 좋아하는 말 두 가지가 있는데, '걱정을 해서 걱정이 없어지면 걱정이 없겠네.' 와 '공부를 많이 하면 공부가 늘고, 걱정을 많이 하면 걱정이 는다.' 라는 말이다.

실제로 우리가 하는 걱정의 대부분은 실현되지 않는다고 한다. 한 연구에 따르면 걱정 100개 중 9개만 현실이 되었고, 그 9개 중 3개는 걱정이 무색할 만큼 오히려 좋은 결과를 냈다. 심지어 걱정한 것 중 실현된 것이 전혀 없는 사람도 있었다.

우리는 삶이 불안할 때면 가공의 걱정들을 만들어내곤 한다. 그러니 일어나지 않은 일에 대해 너무 걱정하지 않았으면 좋겠다. 걱정거리 100개 중 91개는 일어나지 않을 일이며, 9개 중 3개는 잘 해결될 것이고,

나머지 6개는 우리가 어찌할 수 없는 것들이다.

물론 걱정되는 일을 걱정하지 않는 것이 얼마나 어려운 일인지는 잘 알지만, 걱정만으로 해결되는 일은 아무것도 없다. 내가 어찌할 수 없는 것에 대한 걱정을 부여잡고 괴로워하기보다는 지금 당장 할 수 있는 일에 집중하는 편이 낫다.

언젠가 군위에 호수와 산맥에 운무가 아름답게 깔리는 전경을 감상할 수 있는 숙소가 있다고 해서 찾아간 적이 있다. 주말에는 항상 방이 꽉 차 있어 예약하기가 어려운데, 매일 홈페이지를 확인하며 취소된 객실이 있는지 확인하다가 겨우 하나 남은 방을 예약할 수 있었다.

그렇게 기대하는 마음으로 그날만 손꼽아 기다렸으나 여행 당일 날씨가 매우 좋지 않았다. 하루 종일 비가 내렸고, 산꼭대기에 있는 숙소로 가는 길도 안개로 가득 차 있어 한 치 앞도 보이지 않을 정도였다. '이 정도 안개에 비까지 내리면 아무래도 운무를 보기는 어렵겠구나. 멀리서 왔는데 참 운도 없다.' 하고 생각

당신이 더 잘 살기를

하며 숙소에 도착했다.

그러자 내 눈앞에는 비가 언제 내렸냐는 듯 산과 산 사이에 운무가 가득한 절경이 펼쳐졌다. 내가 안개라 생각했던 것들은 구름 조각들이었고, 그 사이를 뚫고 나오니 멋진 풍경이 나를 기다리고 있던 것이다.

걱정이란 이런 것일지도 모르겠다. 안개처럼 내 삶을 가리고 여기저기 자욱해 보여도, 뚫고 올라가고 나면 오히려 내 삶을 더 멋지게 꾸며 주는 것. 언제 그런 게 있었냐는 듯 사르르 녹아 없어져 버리는 것. 당시에는 두고두고 나를 괴롭혔으나 지나고 나면 그냥 삶의 한 단편이었을 뿐인 것.

하루하루는 성실하게
인생 전체는 되는 대로

군대를 전역하기 전에 모아 둔 휴가를 사용해 이집트 여행을 떠났다. 여행의 목적은 단 하나, 피라미드를 보기 위해서였다. 그래도 비싼 비행깃값을 주고 멀리까지 간 김에 남들이 가는 곳도 가 보고 싶었고, 이래저래 일정을 짜다 보니 최대한 짧게 잡아도 2주는 있어야 할 것 같았다.

여행 전부터 이집트에 대한 악명은 익히 들었기에 소소한 사기는 몇 번 당해도 좋으니 다치지만 말고 돌아오자는 생각으로 떠났다. 나는 계획이 없는 것이 계획인 사람이라 처음 며칠간의 숙소만 예약한 채로 비행기에 올랐다.

여행은 첫날부터 순조롭지 않았다. 내가 예약한 1인실은 8인실 도미토리룸이 되어 있었고, 내 방을 되찾기 위해 나는 되지도 않는 영어와 손짓발짓을 섞어 가며 수십 분 동안 직원과 씨름해야 했다. 내가 부른 우버는 알고 보니 불법 영업을 하고 있어 벌금을 내야 했고, 카이로의 차들은 외국인만 보면 택시로 변하는지 5초에 한 번씩 경적을 울려 대는 탓에 정신이 나갈 지경이었다.

그 외에도 수많은 사기를 당하고 바가지를 써야 했지만 나쁜 일만 있었던 것은 아니었다. 우연히 나와 똑같은 일정으로 놀러 온 친구를 만났고, 또 다른 친구는 이집트에서 주재원으로 근무 중이라 여행객들은 알기 어려운 로컬 식당을 안내받기도 했다. 피라미드와 스핑크스는 장엄하고 신비로웠으며, 나일강의 노을은 참 아름다웠다.

애초에 별 계획이 없었고 그나마 세운 몇 개의 작은 계획들도 대부분 이루어지지 않았지만, 그래도 즐거웠다. 계획을 세우고 실천하는 것도 중요하나, 그것보다 더 중요한 것은 그저 하루하루를 곱씹으며 열심히 즐기는 것이었다.

여행뿐만 아니라 삶도 그렇게 살아가고 싶다. 이동진 평론가의 블로그 제목처럼 하루하루는 성실하게 인생 전체는 되는 대로 살자. 인생 전체의 계획은 세울 수도 없고, 설령 세운다고 하더라도 그대로 흘러갈 리가 없으니까. 조그마한 사건 하나에도 인생 전체는 극적으로 변할 테니까.

초보 해녀들을 교육할 때 강조하는 말이 있다고 한다. "오늘 하루도 욕심내지 말고, 딱 너의 숨만큼만 있다 오거라." 평온해 보이지만 위험천만한 바닷속에서 너무 욕심내지 말고 당신의 숨만큼만 버티라고, 그리고 더 이상 버틸 수 없을 땐 다시 올라와 숨을 고르라고 하는 말이다.

우리도 이리 살자. 딱 내 숨만큼만 하루를 살고, 조금 쉬며 다시 숨을 고르자. 열심히 살려는 노력은 내 숨만큼이면 충분하다. 우리의 삶은 오늘이 끝이 아니니까. 우리에게는 내일이 있고, 내일이 지나면 또 그다음 날이 있으니까. 우리는 그렇게 매일을 살아야 하니까.

꽃이 다 저마다의
이름이 있듯이

상처받았다는 사람은 많은데 상처 줬다는 이는 없었다. 이상했다. 누군가는 줬기에 누군가는 받았을 텐데. 다들 다른 이의 상처에는 관심을 기울이지 않고 상처받은 자신의 마음만 연신 어루만지고 있었다.

상처받았다는 이도 누군가에게 상처를 주며 살아 왔을 텐데, 사람은 참 이기적이고 연약한 존재라 자신이 다른 이에게 준 상처는 기억하려 하지 않았고, 그것이 상처라는 사실조차 모른 채 상처를 줬다.

오직 생채기 난 자만이 그것을 기억하고 상처라 불렀으나, 받은 자도 자신이 남에게 주는 데는 무심했다. 어느덧 세상은 상처 준 자들끼리 부둥켜안고 서로의 상처를 자랑하며 핥아 대고 있었고, 그건 나도 다를 바 없었다.

예전에 자신은 30살까지만 살고 싶다는 사람이 있었다. 부모보다 먼저 죽는 것은 불효이니 부모님이 돌아가실 때까지만 살고 싶다는 사람도 있었다. 다른 사람들은 각자의 몫을 해내며 잘 살아가고 있는데 자신만 멈춰 있는 것 같다며 우울하다는 사람도 있었다.

나는 그런 사람들을 만날 때마다 "나도 그런 날들이 있었어. 하지만 지금은 잘 이겨 내고 살아가고 있잖아. 너도 할 수 있어.", "다른 사람들도 다 똑같아. 겉으로 보기에는 잘 살고 있는 것처럼 보이지만 다들 자신만의 아픔 정도는 하나쯤 안고 살아가는 거야. 그러니까 너만 힘들다고 생각하면서 너무 괴로워하지 말고 힘내." 같은 말들을 건넸다.

내 나름대로는 최선의 위로였다. 지금 좀 힘들 뿐이지 조금만 참고 견디면 좋아질 거라는, 너도 할 수 있다는 말을 해 주고 싶었으나 결국 그것은 위선이고 오만이었다. 내가 한 말은 다 맞는 말이었지만 그들이 필요했던 것은 맞는 말이 아니라 이해와 온기였으니까. 그 정도 사실은 그들도 이미 다 알고 있었으니까.

누군가가 상처를 드러내면 자신의 상처를 더 과시하고 자랑하는 사람이 있다. 그까짓 상처로 아프다고 하지 말라고, 내 것이 훨씬 더 크고 흉측하다고. 노예들이 서로 자신의 족쇄가 얼마나 크고 단단한지 대결하는 것처럼 전혀 자랑이 아닌 것을 자랑하곤 한다. 상대방이 거기서 얻는 것은 위로가 아니라 자괴감뿐이다. 별것 아닌 일로 유난을 떠는 자신이 한심해 보일 수도 있고, 그 정도 상처도 못 참는 자신이 나약하게 느껴질 수도 있다.

사실 그 누구의 잘못도 아닐지 모르겠다. 실제로 우리는 이럴 때는 이런 말을 하고 저럴 때는 저런 말을 해야 한다는 교육은 받았지만, 정말로 아픈 사람과 대화하는 방법에 대해서는 배운 적도, 해 본 적도 없으니까. 교과서와 실전은 다른 법이니까.

모든 것에는 저마다의 이름이 있다. 꽃이라고 부르는 것들도 다 각자의 이름이 있고 항상 우리 곁을 맴돌고 있는 바람에도, 하늘에서 내리는 비도, 다 비슷비슷한 것처럼 보여도 고유의 이름이 있듯이, 우리의 아픔에도 다 저마다의 이름과 이유가 있을 것이다. 그

렇게 각기 다른 아픔을 단순히 '아픔'이라는 하나의
이름으로 부르려 하는 데서 모든 문제가 시작되는지도
모르겠다. 각기 다른 아픔은 각기 다른 이름으로 불러
줘야 하지 않을까.

　우리는 그 사람이 되어 보지 않는 한, 다른 사람의
상처에 대해 추측할 수는 있어도 정확히 알 수는 없
다. 공감하고 이해하려 노력할 수는 있지만 거기에도
한계는 있을 것이다. 그러니 우리가 할 수 있는 건 그
저 옆에 있어 주는 것밖에 없을지도 모르겠다. 온기가
필요하면 따뜻하게 안아 주고, 혼자가 외로우면 함께
있어 주고, 들어 줄 이가 필요하면 귀 기울여 주고. 진
정으로 위로가 되는 건 위로의 말이 아니라, 위로가
되어 주고 싶은 마음일 테다.

누군가에게
소중한 사람이 되는
방법

출근길에 엘리베이터를 타면 자주 만나는
세 모녀가 있다. 유치원생이나 초등학교 저학년 정도
로 보이는 꼬맹이 둘과 엄마의 조합. 세 모녀는 내가
출근하는 시간과 등교하는 시간이 비슷한지 꽤 자주
마주치곤 한다. 아침이라 비몽사몽이지만 그래도 이들
을 만나는 일은 항상 즐겁다.

첫 번째 이유는 세 명이 똑같이 생겼기 때문이다.
아빠는 아직 한 번도 만난 적이 없어서 모르겠지만 엄
마가 혼자 낳았다고 해도 믿을 정도로 붕어빵이다. 외
모뿐만 아니라 체형, 걸음걸이, 습관마저도 비슷하여
급한 엄마를 따라 아이들도 늘 덩달아 급하게 뛰어 들
어온다.

두 번째 이유는 아이들이 건네는 인사 때문이다. 아

직 어린아이들이라 종종 앞니가 빠져 있어 바람이 새는 발음으로 환하게 웃으며 "안녕하세요." 하고 합창하듯 인사를 하는데 그 모습이 정말 귀엽다.

내가 어릴 적에도 엘리베이터에서 주민을 만나면 인사를 해야 한다고 배우긴 했지만, 그건 언제나 쑥스러운 일이었다. 같은 아파트 주민이라고 해도 사실 처음 보는 사람들이었고 대화도 한 번 해 본 적 없는 모르는 사람이었다. 더군다나 낯을 많이 가리는 성격 탓에 먼저 "안녕하세요." 하고 인사를 건네기가 쉽지 않았다. 그럼에도 먼저 웃으면서 인사를 건네주는 어른들이 있었고 그럴 때면 나도 편한 마음으로 인사를 할 수 있었다.

인사성이 참 바른 사람들이 있다. 매번 "안녕하세요, 감사합니다, 죄송합니다, 실례합니다, 잘 먹겠습니다, 잘 먹었습니다." 같은 말들을 입버릇처럼 달고 사는 사람들. 다른 사람에게 좋은 인상을 심어 주는 데 인사만큼 쉽고 좋은 행동이 또 있을까.

처음 보는 사람에게 건네받은 짧은 인사말에서 그 사람의 다정함을 느끼곤 한다. 엘리베이터에서 만난 아이가 엄마 손을 꼭 잡은 채 귀엽게 건네는 혀 짧은 인사와 버스 기사님의 따뜻한 한마디에 기분 좋은 하루가 시작되는 것처럼.

인사는 그 사람이 얼마나 잘 배웠는지를 알려 주는 척도다. 외국어를 배울 때도 우리는 가장 먼저 인사를 배운다. 하이, 헬로우, 곤니치와, 봉주르 같은 것들. 그 이유는 사람과 사람이 만났을 때 가장 먼저 해야 할 말이자 대화의 시작이기 때문일 것이다.

모두들 예의 바른 사람이 좋다고 말한다. 그리고 그 예의의 가장 첫 단추는 인사다. 만나면 그저 반갑다고 말하면 되고, 말하기가 부끄럽다면 살짝 미소를 지으며 목례만 하는 인사도 괜찮다.

돈도, 시간도 들지 않는 이 한마디로 세상은 조금 더 다정해진다. 타인의 기분을 좋게 만들어 주기 위해 "당신을 좋아합니다." 같은 거창한 말은 필요 없다.

단지 우연히 마주쳤을 때 먼저 웃으며 건네는 "안녕?"이라는 한마디에 우리는 누군가에게 가장 소중한 사람이 될지도 모른다.

한 자루의
몽당연필같이

보잘것없는 몽당연필은 그간 세상에 많은 의미를 남겼다. 때로는 글로, 때로는 그림으로. 그렇게 자신의 몸을 깎아 내며 누군가의 일기가 되고, 사랑이 담긴 편지가 되었다.

몽당연필을 통해 누군가는 자신의 꿈을 향해 나아 갔을 것이고, 또 누군가는 잊지 말아야 할 소중한 것을 메모지에 남기기도 했을 것이다.

그런 몽당연필 같은 삶을 살고 싶다. 짧게 쓰지만 오래 읽히는 시처럼, 짧아졌지만 세상에 많은 의미를 남긴 몽당연필처럼.

내 몸이 늙고 노쇠하더라도 이 몸뚱이로 세상에 부지런히 의미를 남길 수 있다면, 나는 점차 사그라든대도 웃을 수 있을 것 같다.

당신이 더 잘 살기를

너무
애쓰지 않아도
괜찮아

<남편이 우울증에 걸렸어요>라는 제목의 일본 영화를 보았다. 이 작품은 회사원인 남편과 만화가인 아내의 실화를 바탕으로, 아내가 만화로 그린 원작을 영화화한 것이다. 평생을 성실하게 살아온 남편이 어느 날 극심한 우울증에 걸리게 되면서, 아내가 그를 돕기 위해 고군분투하는 이야기다.

혼자서 모든 고통을 감내하던 남편은 도저히 참을 수 없어 주위 사람들에게 본인의 우울증을 고백한다. 그러나 직장 상사는 "누구나 힘들고 우울하다." 라며 타박하고, 집으로 찾아온 남편의 형도 "너는 가장이니까 힘을 내야지." 라며 나약함을 탓한다.

남편은 그런 말들을 듣고 더욱 깊은 우울감에 빠지지만, 아내만은 달랐다. 아내는 일을 쉬지 않겠다는 남편을 협박해 일을 그만두게 하고, 지금껏 남을 위해 살아온 남편에게 "꼭 뭔가를 하지 않아도 괜찮다.", "너무 애쓰지 않아도 괜찮다." 라며 위로한다. 남편은 가장으로서 아무 역할도 하지 못하고 아내에게 짐만 되는 자신에 대해 죄책감을 느끼며 부끄러워하지만, 아내는 그런 남편을 계속해서 감싸 준다.

이 영화에서는 우울증을 '마음의 감기' 라고 표현한다. 우울증은 그저 그 자체로 병일 뿐, 자신이 나약해서 그런 것도, 부족한 사람이라 그런 것도 아니라고. 우울증은 다양한 이유로 걸리며 때로는 이유 없이 찾아오기도 한다. 누군가에게는 가볍게 다가오지만, 누군가에게는 견딜 수 없이 무겁게 느껴지기도 한다.

그런 이들의 아픔을 너무 쉽게 외면해 버리지는 않았을까. 남의 고통에 대해 가벼이 짐작하고 별것 아닌 것으로 치부해 버리지는 않았을까. 우리 또한 한낱 인간이면서 남편의 직장 상사나 형처럼 자신의 사소한 경험만을 바탕으로 남의 고통을 지레짐작하는 오만을 저지르고 있는 것은 아닐까.

자기 손톱 밑에 박힌 조그마한 가시에는 세상이 뒤집힐 듯 아파하면서 남의 가슴에 박힌 대못에는 무관심한 것이 사람이다. 그리고 우리가 아무리 노력한다고 해도 실제 그 사람이 되어 볼 수는 없는 노릇이기에 그 사람이 느끼는 아픔의 반의반도 느끼지 못한다. 깊은 아픔이나 슬픔이라 할지라도 그 감정을 온전히 알 수 없다는 것이다.

그러니 나도 당신이 얼마나 아프고 힘든지 감히 가늠할 수는 없지만, 그래도 지쳐 있을 당신에게 괜찮다는 말 한마디를 건네고 싶다.

다른 사람을 배려하느라, 남의 무례를 참아 내느라 너무 애쓰지 않아도 괜찮아. 남을 위해 자신을 희생하지 않아도 괜찮아. 가끔은 무너져도 괜찮고, 가끔은 이겨 내지 않아도 괜찮아. 힘들 땐 주저앉아 펑펑 울어도 괜찮고, 앉은 김에 드러누워 생떼 좀 부려도 괜찮아. 자기 자신을 포기하면서까지 감내해야 할 일은 어디에도 없으니까.

영화 대사 중에 이런 말이 있다. '골동품은 단지 깨지지 않았기에 그 가치를 지닌다.' 흔한 항아리, 그릇, 낙서 같은 것들이 살아남았다는 이유만으로 의미를 가지듯, 우리도 그저 버티다 보면 언젠가 지금을 돌아보며 웃을 날이 오지 않을까.

그러니 너무 애쓰지 않아도 괜찮아.

여전히,
그리고 영원히
알 수 없는 것

여전히 모르는 것들이 더 많다. 내 삶은 어디로 흘러가고 있는지, 나는 잘 살고 있는지. 아니, 애초에 '살아가고 있다'고 말할 수 있기는 한 것인지. 그냥 생존해 숨만 쉬고 있지는 않은지, 하루하루 죽어가고 있는 것은 아닌지.

지난밤 늦게 잠자리에 든 탓에 아침에 알람을 듣고 겨우 일어나 피곤에 찌든 얼굴로 출근해 일하고, 퇴근 후 밥을 먹고 글을 몇 자 긁적이다가 다시 잠자리에 든다. 쳇바퀴 같은 삶. 익숙하고 권태로운 일상이 소중하지 않은 것은 아니지만 그저 매일 같이 흘러가고만 있는 이 삶이 어디로 향하는 것일지 나는 아직 잘 모르겠다.

내 삶은 나의 의지나 노력보다는 우연에 의해 더 쉽게 좌우되었고, 종종 예상치 못한 곳으로 흐르곤 했다. 내가 세운 의도나 계획 같은 것들보다도 어떤 시기에 어떤 사람을 만나느냐에 따라 생이 크게 흔들렸다.

어떤 슬픔은 과학만을 진리로 믿던 내가 펜을 들게 만들었고, 어떤 상실은 사랑 따위는 믿지 않던 나를 사랑만 바라보며 살게 했다. 어떠한 운명의 힘이 나도 모르는 곳으로 나를 이끌곤 했으니, 그저 되는 대로 살아가는 것도 괜찮지 않나 싶다.

나는 내 삶이 어디로 흘러가는지 도무지 알 수 없으므로 그저 주어진 순간에 최선을 다하며 살아간다. 그렇게 살다 보면 언젠가 나는 또 무언가가 되어 있지 않을까.

✦

편하고 단순하게 사는 방법

1. 축하해 줄 때는 트집을 잡거나 비꼬지 말고
   진심으로 축하해 주기

2. 위로해 줄 때는 이상한 조언 대신
   그저 같이 슬퍼해 주기

3. 도움을 받았을 때는 고맙다는 말과 함께
   조그마한 선물 하나 건네기

4. 무언가 잘못했을 때는 주저리주저리 변명하지 말고
   잘못한 일에 대해서만 말하고 용서를 구하기

행복

어느 날, 울산에 사는 친구에게 연락이 왔다. 울산에서 마라톤 대회가 열리는데 10km 부문에 같이 나가지 않겠냐고. 어차피 나도 어깨를 다친 이후로 꾸준히 러닝을 해 오고 있었기에 "그러자." 하고는 무턱대고 참가 신청을 해 버렸다.

내가 간과한 것은 시작 시각이 오전 8시라서 늦어도 7시 30분까지는 경기장에 도착해야 한다는 것이었고, 그러려면 6시에는 집에서 출발해야 한다는 것이었다. 물론 일찍 일어나면 그만이긴 하지만, 문제는 내가 고질적인 불면증 환자라는 점이었다.

다음 날 늦지 않게 일어나야 해서 일찍(이라고 해 봐야 자정이었지만) 누웠으나, 결국 3시가 넘어 잠이 들고야 말았다. 겨우 3시간여밖에 자지 못한 채 울산으

당신이 더 잘 살기를

로 출발해 친구를 만났지만, 다행히 별일 없이 달리기를 마쳤다. 기록도 목표한 대로 나와서 만족스러웠다.

러닝을 마친 뒤 친구와 목욕탕에 가서 따뜻한 탕에 몸을 담그고 깨끗이 씻은 후 고깃집으로 향했다. 한바탕 달리고 나서 뽀송해진 몸으로 따뜻한 불 앞에 앉아 친구가 구워 주는 고기를 받아먹으니 천국이 따로 없었다.

그 순간, 행복이라는 게 사실 별거 아니라는 생각이 들었다. 특별히 대단한 일 없이도 그저 좋아하는 친구와 이렇게 시간을 보내는 것 자체가 참 행복했다. 내겐 달릴 수 있는 두 다리가 있고, 함께 달릴 친구도, 그리고 고기를 함께 먹을 친구도 있다. 그것으로 충분하다는 생각이 들었다.

특별히 좋은 일은 없더라도 딱히 나쁘지 않은 찰나들이 모두 행복한 순간이었다. 유난히 행복하진 못하더라도 특별히 불행하진 않던 순간들. 아무 걱정 없이 잠자리에 들고 떠오르는 생각들로 잠을 설치지 않아도 되는 밤. 마음에 걸리는 것 없이 깨어나는 아침. 별

다른 문제 없이 또 살아 낸 하루.

생각해 보면 그런 순간들은 매일매일 있었다. 어제도 있었고, 그제도 있었고, 오늘도 있었다. 지극히 평범하다고 여겼던 순간들이 돌이켜 보면 다시 돌아가고 싶을 만큼 소중한 순간들이었다. 행복은 멀리서 찾아야 하는 게 아니라 지금 내 곁에 머무르고 있는 것이었는데, 우리가 너무 먼 곳만 바라보고 있던 건 아니었을까.

그러니 우리 오늘을 소중히 살자. 먼 훗날 힘이 들 때 오늘을 돌이켜보며 또 하루를 살아갈 힘을 얻을 수 있도록.

당신이 더 잘 살기를

모르는 것을
모른다고 말하는
용기

나는 아직도 모르는 것을 모른다고 말하기가 참 어렵다. 모를 때는 모른다고 말해야 한다는 사실을 모르는 건 아니지만, 모른다고 말하는 데는 항상 용기가 필요하다.

특히나 그것이 내 전문 분야에 관한 것이라면 몰라서는 안 될 것만 같은 기분이 든다. 한 분야에 대해 10년 넘게 공부해 왔는데 아직 모르는 것이 있다고하면 그간의 내 고생이 부정당하는 것처럼 느껴져서 뭐든지 다 알고 있어야 할 것 같은 부담이 생긴다.

한 분야에만 집중해서 공부를 하다 보니 다른 분야에 대해선 젬병이다. 남들은 연말 정산이니 세금 신고니 척척 해내고, 어디 물건이 좋고 어디 물건이 저렴한지, 어디에 맛집이 있고 어디가 유명하고 뭐가 유행인지 그런 것들을 잘만 알던데, 나는 다른 분야에만 가면 바보가 된다.

그래도 그럴 때는 내 전문 분야가 아니니 당당하게 모른다고 할 수 있지만, 전공 분야에 대해선 그런 합리화가 통하지 않는다.

살아 보니 깨달은 점이 있다. 모르면서 아는 척하고 넘어간 것은 계속 모르게 된다는 점이다. 그래서 최근에는 모르는 게 생기면 바로바로 그 자리에서 찾아보려고 노력하고 있다. '나중에 찾아봐야지.', '나중에 공부해야지.' 하고 미뤄 둔 것은 시간이 조금만 지나도 내가 무엇을 몰랐는지조차 기억이 나지 않아 결국 찾아보려 해도 찾을 수 없는 지경이 된다. 그래서 바로바로 해결하려 하는 것이다.

그리고 물어볼 수 있는 사람이 근처에 있다면 조금 부끄럽더라도 묻는다. 내가 이러이러한 것을 모르겠는데 혹시 어떻게 하면 되느냐고. 예전에는 이런 질문을 하면 내가 바보 같아 보이거나 상대방이 나를 무시할까 봐 걱정했는데, 실제로는 아무도 나를 무시하지 않

당신이 더 잘 살기를

앗고 오히려 친절하게 설명해 줬다.

내가 자주 묻다 보니 다른 사람들도 궁금한 게 생기면 나에게 편히 물어본다. 그럴 때 가끔 '아니, 이렇게 똑똑한 사람이 이런 간단한 것도 모른다고?' 하며 놀랄 때가 있다. 사람마다 관심사가 다르기에 한 분야의 전문가가 다른 분야에서는 초보자가 되기도 했다.

인터넷에서 가끔 상식에 관한 논쟁을 본다. '영국이 섬인 것은 상식인가?' 같은 것들. 그런 논쟁은 질문보다 댓글이 더 재밌다. 답을 아는 사람들은 당연히 상식이라며 모르는 사람들을 무식하다고 욕하고, 모르는 사람들은 갖가지 이유를 대며 모를 수도 있지 않냐고 항변한다.

그런 논쟁을 볼 때마다 내가 하는 생각은 '어떤 사실을 모른다고 무식한 것은 아니지만, 모르는 것을 알려고 하지 않는 사람은 무식해질 것이다.' 라는 것이다. 살다 보면 모르는 것들이 있을 수 있다. 그럴 땐 이번 기회에 알면 된다. 하지만 알려고 하지 않고 변명만 늘어놓는 사람은 다음번에도 같은 질문에 답을 하지 못할 가능성이 높다.

그러니 우리 모른다는 것을 부끄러워하지 말고, 모르는 것을 질문하는 것도 부끄러워하지 말자. 잠깐의 부끄러움을 대가로 남의 소중한 지식을 하나 받아 올 수 있다면 밑지는 장사가 아니다. 모르는 것이 부끄러운 것이 아니라 모르는 것을 아는 척하는 것이 부끄러운 것이고, 알려는 의지가 없는 것이 부끄러운 것이다.

모른다고 인정하는 것이 당장엔 조금 낯간지러울 수 있지만 그래도 모르면 모른다고 하자. 아는 척은 또 다른 아는 척을 낳고 점점 더 깊은 거짓으로 나를 밀어 넣는다. 모르는 게 부끄러울 때면 찾아보고 공부해서 알면 된다. 그 덕에 나도 하나를 더 알게 되었으니 그걸로 되었다.

모르는 것을 모른다고 인정하는 것.
그것부터 시작이다.

전하지 못한
말들의
나라

뭉게뭉게 피어 있는 하얀 구름 위에는 어린 아이들만 모여 사는 나라가 있다. 그 아이들은 하얀 구름으로 지어진 구름 집에 살며, 푹신한 구름 침대 위에서 포근한 구름 이불을 덮고 잠을 잔다.

낮에는 친구들과 모여 구름 성을 쌓으며 놀거나 구름으로 만든 미끄럼틀을 타고, 배가 고프면 달콤한 구름으로 솜사탕을 만들어 먹는다.

가끔 이 나라에는 아이들의 부모님이 찾아오곤 하는데, 그러면 아이는 부모님의 손을 잡고 다시 구름 아래에 있는 지구별로 여행을 떠난다. 이 나라는 어린 나이에 생을 마친 아이들이 부모님을 기다리며 사는 곳이다.

미처 건네지 못한 말과 마음이 모여 사는 나라도 있을까. 못다 전한 진심이 고이는 나라가 있었으면 좋겠다.

사랑하는 이에게 전하지 못한 마음, 부모에게 전하지 못한 감사, 친구에게 전하지 못한 우정. 그 모든 것들이 한데 어우러져 언젠가 그들에게 닿을 날을 기다리며 사는 나라가 있을 것이다.

그리고 우리의 이야기가 모두 끝난 어느 날, 우리도 그곳에 도착할 것이다. 혹자는 아직 남아 있는 자신의 마음을 보며 "그 사람은 아직 도착하지 않았구나." 하며 안도할 것이고, 혹자는 누군가가 미처 전하지 못한 마음을 그제야 전해 받고 끌어안으며 눈물을 흘리는, 그런 나라가 있을 것이라 믿는다.

당신이 더 잘 살기를

사랑하는 것들에 대한
기록물

내 일기장의 첫 페이지에는 이렇게 적혀 있다.

사랑하는 것들에 대한 기록물.
밤하늘, 달, 별, 바다, 빗소리,
그리고 개구리 울음소리.

말 그대로 내가 사랑하는 것들에 대해 기록하고 싶어서 일기장을 만들고 글을 쓰기 시작했다. 세상엔 누군가는 꼭 들어줬으면 좋겠지만 주위 사람들에겐 할 수 없는 말들이 있고, 그런 마음을 그러안고 살다 보면 아무 품에나 기대어 모든 걸 털어놓고 싶어진다. 하지만 말이란 한없이 가벼울 때가 있어서 너무 깊은 마음은 말로 하지 못하고 글로 적는다.

오랫동안 고여 있는 마음은 결국 곪을 수밖에 없으므로 반드시 흘려보내야 한다. 그렇게 놓아주고 나면 그대로 없던 일이 되어 버릴까, 모든 것이 다 사라질까 두려워 기록하게 된다. 아무리 볼품없고 나약한 마음이라도 나에게는 소중한 마음이니 기억해야 한다. 아무리 큰 사랑이든, 아무리 큰 아픔이든 기록하지 않으면 언젠가 옅어지고 잊히기에 적어야만 하는 것이다.

류시화 시인의 말처럼, 살면서 한 가지 능력을 가질 수 있다면 모든 것에서 사랑을 발견할 수 있는 힘을 얻고 싶다. 세상엔 아름다운 것들이 참 많다. 밤하늘, 달, 별, 바다, 빗소리, 그리고 개구리 울음소리 같은 것들. 항상 우리 곁에 있지만 사소해서 잘 모르고 지나치는 것들. 그 모든 것들을 사랑하고 싶다.

봄이 되면 사람들은 삼삼오오 모여 손을 잡고 벚꽃을 보러 가곤 한다. 한 달도 채 버티지 못하고 꽃비가 되어 낙화하는 벚꽃들. 꽃은 필 때도 아름답지만 질 때가 더 아름답다. 그 짧은 기간 동안 만개했다가 스러지는 벚꽃 뒤에 숨은 슬픔을 아는 이가 몇이나 될까. 그런 슬픔을 알아주는 사람이 되고 싶다.

그리고 그런 아름다움을 함께 누릴 수 있는 사람과 사랑하고 싶다. 한적한 밤바다를 걸으며 들려오는 파도 소리에서 선율을 느낄 수 있는 사람. 별이 많이 뜬 어느 날, 함께 모랫바닥에 누워 별자리를 이으며 서로의 얼굴을 그릴 수 있는 사람. 세차게 내리는 빗소리를 들으며 같이 상념에 빠질 수 있는 사람. 낙화하는 꽃의 슬픔을 아는 사람.

그리고 나조차도 모르고 있던 나의 아름다운 부분을 대신 발견해 주고 보듬어 줄 수 있는 사람. 그런 사람과 평생 사랑하며 살고 싶다.

삶이라는
여행 중

우리는 그저 삶이라는 짧은 여행을 하는 것뿐인데 무엇을 위해 그리 아등바등했을까. 그냥 좋으면 좋다고, 싫으면 싫다고 말할걸. 누군가를 미워할 시간에 더 자주 사랑한다고 말할걸. 사랑 앞에서 도망치지 말고 한 번도 상처받지 않은 듯이 사랑할걸. 오늘이 마지막인 것처럼 내 마음을 다 줄걸. 남 눈치 보지 말고 하고 싶은 건 다 해 볼걸.

살면서 아쉬움은 해 본 것보다 못해 본 것에서 더 크게 남는다. 해 버린 것에 대한 후회는 시간이 지나며 점점 옅어지지만, 해 보지 못한 것에 대한 후회는 점점 짙어지기 때문이다. 살면서 불행해질 때마다 우리는 해 보지 못한 것들을 떠올린다. '그때 이렇게 했으면 어땠을까?' 같은 후회들.

당신이 더 잘 살기를

수많은 기회 앞에서 망설이느라 얼마나 많은 것들을 놓쳤나. 그것에 위험 부담이 있다는 핑계로, 때로는 부끄럽다는 핑계로, 때로는 내 체면치레를 위해서, 때로는 지금 내 손에 쥐고 있는 것을 놓고 싶지 않아서 우리는 수없이 도망치고 또 도망친다.

충분히 내 것이 될 수 있었음에도 망설이고 헤매느라 잃어버린 것들. 시간은 아무리 붙잡아도 하염없이 흐르고 흐르니 때로는 내 선택과 상관없이 기회를 놓치기도 하고, 미루고 미루다 보니 어느덧 너무 멀어져 있기도 했다.

멀리 떠난 여행지에서 갖고 싶은 물건을 발견했지만 너무 비싸다거나 '나한테 정말 필요한 걸까? 돈 낭비는 아닐까?' 하는 망설임으로 사지 못했던 것들은 꼭 집에 돌아와서 다시 떠오르곤 했다. 그때 샀어야 했는데.

길을 걷다 예쁜 풍경을 마주했으나 쑥스러워 그 속으로 뛰어들지 못했던 순간들. 순간은 매 순간 멀어지기에 그때를 놓치면 다시는 마주할 수 없고, 그런 순간들은 항상 두고두고 아쉽다.

아무래도 놓치고 나서 가장 후회되는 것을 한 가지 꼽으라면 단연코 사랑일 것이다. 분명 사랑이었고, 앞으로도 사랑일 테고, 지금도 사랑인 순간들. 조금만 더 용기를 냈더라면 좋았을 텐데, 그 무엇과도 바꿀 수 없는 게 사랑이라 말하면서도 왜 나는 그 앞에서 망설였는지. 아직도 잊지 못하고 이렇게 그리워할 거면서.

더는 후회하고 싶지 않다. 그렇다고 너무 애쓰고 싶지도 않은 이 마음은 이율배반적일까. 그저 흐르는 대로 살고 싶을 뿐인데, 그러다 보면 너무 많은 것을 놓치게 될까 두렵다.

앞으로는 적당히 행복하고 적당히만 슬프기를. 다가오는 인연은 감사히 받아들이고 떠나간 인연에 너무 연연하지 않기를. 남에게 좋은 사람이 되기 위해 너무 애쓰기보다는 나에게 좀 더 좋은 사람이 되기를. 그리고 나에게 좀 더 솔직하기를. 그렇게 조금만 더 잘 살아 내다가 이 여행이 끝나는 어느 날, 홀연히 떠나가기를.

당신이 더 잘 살기를

제2장

당 신 과

　 행 복

　 하 기 를

바 라 는

　 마 음 에

아무리 캄캄한 밤이라도

옆에서 내 손을 잡아 주는 사람

하나만 있다면

그 밤은 덜 무서울 것 같다.

눈물이 멈추지 않는 날에도

말없이 어깨를 내어 줄 사람이 있다면

그 눈물도 외롭지만은 않겠지.

그러니 내가 힘들 때

정말로 필요했던 건

상투적인 말이 아니라,

곁에 있어 줄 단 한 사람이었다.

무뎌지는
것들

아무리 소중한 것이라도 시간이 지나면 무
뎌진다. 새로 산 최신 휴대전화도, 예쁜 옷도, 비싼 차
도, 안타깝지만 사람도.

우리는 그러면 안 된다는 것을 알면서도 점점 편해
질수록 소중한 사람을 막 대하기 시작한다. 친하다는
이유로, 난 원래 이렇다는 이유로, 너 아니면 누가 날
이해하겠냐는 이유로.

갖가지 이유를 대면서 노력보다는 나태를 택하고,
관계의 진전보다는 유지를 택한다. 그것이 후퇴하는
길인지도 모르고.

그러나 상대도 나와 같은 사람이다. 당연히 사람에
게 실망하고 상처받는다. 바보라서 나를 아껴 주는 것

이 아니다. 이 관계가 소중하기에 자신이 상처받더라도 나를 위해 배려하고 있는 것이다.

살다 보니 알게 된 것이 발전하지 않는 것은 멈춰 있는 것이 아니라 퇴보하고 있다는 것이다. 관계도 이와 같다. 진전되지 않는 관계는 시간이 지남에 따라 점차 식어 가고, 결국에는 멀어질 수밖에 없다. 작고 사소한 무관심이 쌓여 감정의 틈을 만들고, 그 틈은 점점 더 깊어져 나중에는 되돌리기 어려운 상태가 된다.

물건은 해지거나 망가지면 다시 사면 되지만, 떠난 사람은 돌아오지 않는다. 그러니 우리 항상 노력하자. 서로가 소중한 만큼 귀하게 대하자. 그간 내 곁을 지켜 준 소중한 사람들을 잃고 후회하지 않도록.

감정
낭비

'감정 낭비'라는 말이 있다.

예전에는 누군가에게 진심을 쏟으면 언젠가 상대도 그 마음을 깨닫고 자신의 일부를 나에게 건네어 줄 거라 믿었지만, 그렇지 않다는 것을 이제는 안다.

지나치며 건넨 티끌만 한 마음 한 조각에도 자신의 소중한 마음 한 켠에 방을 내어 주는 사람이 있는가 하면, 귀한 진심 한 트럭을 건네도 티끌 하나 되돌려 주지 않는 사람이 있다.

그렇게 돌려받지 못한 마음은 언젠가 고갈되기 마련이다. 내 마음을 소중히 하지 않는 이에게 더 이상 감정을 낭비하지 말자. 나를 소중히 여기는 고마운 이들에게 나누어 주기도 부족한 마음이니.

당신과 행복하기를

✦

곁에 두지 말고 멀리해야 할 사람

1. 매사에 불평불만을 늘어놓는 부정적인 사람

2. 나를 감정 쓰레기통처럼 여기는 사람

3. 나의 호의를 권리인 양 받아들이는 사람

4. 솔직함과 무례함을 구분하지 못하는 사람

5. 남의 불행에 기뻐하고, 시기와 질투가 많은 사람

6. 주사가 좋지 않은 사람

7. 자기의 이익을 위해 남을 배신하는 사람

8. 나와의 약속을 소중하게 생각하지 않는 사람

예쁘고
좋은 말만
주고 싶다

항상 말조심해야 한다는 것을 머리로는 알지만 막상 실천하기는 어렵다. 그간 살아오면서 수없이 많은 말들을 하고 수없이 많은 후회를 했으니 이제는 좀 잘할 때도 된 것 같은데, 나는 아직도 그게 참 어렵다.

군이 할 필요가 없었던 말을 해서 남에게 상처를 주고 긁어 부스럼을 만든다. 내가 내뱉은 말이 다시 내게 돌아와 상흔을 남기기도 하고, 남에게 상처를 입혔다는 죄책감에 밤잠을 설치기도 한다. 말이란 독초와 비슷해서 필요한 만큼만 사용하면 득이 되지만 과하면 과할수록 나를 해친다는 것을 알기에 '앞으로는 꼭 필요한 말만 해야지.' 하고 다짐해도, 뒤돌아서면 언제 그랬냐는 듯 또 입을 벌리고 만다.

말만으로 할 수 있는 것은 아무것도 없지만, 한마디 말로 천 냥 빚을 갚기도 하듯이 한편으로는 참 중요한 것이 말이다. 말은 단순한 소리 이상으로 삶에 깊은 영향을 끼치고 누구나 할 수 있는 것이지만, 안타깝게도 말을 잘하는 사람은 드물다. 그 이유는 좋은 사람만이 좋은 말을 할 수 있기 때문이다. 언어는 생각을 구속하기에 사람은 자신이 사용하는 언어 이상의 생각을 할 수 없다. 그러니 미운 말을 많이 하는 사람은 생각도 미워지고, 예쁜 말을 많이 하는 사람은 생각도 예뻐진다.

말하지 않고 살아갈 수 없다면 최대한 좋은 말만 하고 좋은 생각만 하며 살고 싶다. 그렇게 고르고 고른 것 중 예쁘고 좋은 말만 당신에게 주고 싶다. 살다 보면 잘 알지도 못하는 사람이 무책임하게 던진 말에 하루를 망치기도 하고, 가까운 사람이 별생각 없이 내뱉은 말에 상처를 입기도 하니까.

나에게 상처를 주려는 의도가 아니었더라도 어떤 말들은 결국 비수가 되어 내 마음에 꽂히고 만다. 소중한 사람의 입에서 나온 말일수록 더욱 날카롭고 무겁게.

그러니 나라도 당신에게는 예쁘고 좋은 말만 주고 싶다. 침울했던 기분이 나로 인해 조금은 나아지도록. 내 무신경함으로 당신의 연한 마음이 상처받지 않도록. 내 앞에서만큼은 당신의 약한 부분도 편히 내보일 수 있도록.

세상에서 가장 소중한 당신에게 세상 가장 예쁜 말로 내 마음을 전하고 싶다. 내가 알고 있는 말 중 가장 예쁘고 좋은 것만 골라 당신에게 주고 싶다.

당신과 행복하기를

시절
인연

영원히 함께할 것 같았던 사람과는 생사조차 알 수 없는 사이가 되었고, 어제까지 남이었던 사람과는 둘도 없는 사이가 되었다.

인연이라는 게 그랬다. 어떤 이는 한 시절을 아름답게 꾸며 주고 떠나갔으며, 어떤 이는 잔잔하게 오래도록 머물렀다. 어떤 이는 나도 모르게 스며들어 소중한 존재가 되었고, 어떤 이는 내 심장을 도려내기도 했다. 나도 누군가에겐 그런 사람 중 하나였을 거다. 거기엔 특별한 선의도 악의도 없었다. 그냥 산다는 게 그랬다.

우리는 살면서 숱한 이별을 겪는다. 시간이 흐르면서 자연스레 만남과 이별이 반복된다. 특별한 이유가 있거나 서로가 싫어져서 하는 이별이 아니라 그저 삶이 바쁘다 보니 점점 연락이 뜸해지고, 생활 반경이 달라지면서 물 흐르듯 마주하게 되는 안녕이다.

길을 걷다 마주치면 다시금 반가워하며 인사하겠지만, 그 또한 그뿐이다. 누구의 잘못도 아니다. 그저 현재의 자기 삶에 충실할 뿐이다. 환경이 바뀌면서 살아가는 곳이 바뀌었을 뿐이다.

그렇다고 해서 지난 인연들이 소중하지 않은 것은 아니다. 그들과 나눈 우정과 사랑 같은 것들이 지금의 나를 만들었을 것이고, 그들과의 추억은 내 마음속에, 세포 하나하나에 깊이 새겨져 있을 것이다.

살다 보면 언젠가 다시 만날 일이 있을지도 모른다. 그러니 과거의 인연일 뿐이라고 쉽게 치부해 버리지 말자. 현재의 인연도, 과거의 인연도 모두 소중한 내 인연이니까.

당신과 행복하기를

사람이
정말
필요한 것은

　　운전을 처음 시작했을 때, 차 뒤에 큼지막하게 '초보 운전'이라고 적은 종이를 붙이고 다녔다. 초보 운전 딱지가 있으면 대개는 먼저 양보해 주고 조금 느리게 가더라도 기다려 주곤 했는데, 간혹 무시하고 함부로 대하는 운전자들이 있었다.

　　내가 운전을 잘 못한다는 점이 약점이 되어 무리하게 끼어들고는 내 탓을 한다든지, 뒤에서 경적을 울린다든지, 사고가 나면 전부 다 내 책임이라는 식으로 쏘아 대는 사람들도 있었다. 특히 나는 다른 운전자들에 비해 어리다는 이유로 더 많은 무시를 당했다. 초보자가 운전이 서투른 건 당연한 일인데.

　　약점이 있다는 것은 본래 보호나 배려의 대상이 되어야 하지만 때로는 이를 무시하거나 이용하려는 이들이 있다. 어리다는 것, 연약하다는 것, 무지하다는 것, 장애가 있다는 것 등이 누군가에게는 이용하기 좋은 구실이 되어 버리곤 한다.

요새는 어떤지 모르겠으나 내가 어릴 적에는 '깍두기'라는 것이 있었다. 나이 어린 동생이 형을 따라 놀러 나왔다든지, 운동 신경이 부족해 놀이를 잘 따라오지 못하는 친구는 게임에서 제외시키는 것이 아니라 목숨을 하나 더 주거나 공격에서 면제해 주는 등 보너스를 주면서 함께 게임을 즐겼다.

나의 약점이 누군가에게는 먹잇감이 되기도 하는 세상이지만, 그럼에도 아직 세상이 살 만한 이유는 그런 약점을 이용하는 사람보다 배려하고 도와주려는 사람이 더 많기 때문이다. 실제로 초보 운전인 내게 경적을 울리는 사람보다는 기다려 주는 사람이 훨씬 많았으니까.

문제는 신체적이나 기술적인 부분에서 오는 약점은 티가 나지만, 정말 도움이 필요하고 중요한 약점은 잘 드러나지 않는다는 것이다. 특히 그 약점이 내게 아프

당신과 행복하기를

면 아플수록 더 티를 내지 않는다. 그리고 본인이 아닌 이상 다른 사람의 모든 상황을 아는 것은 불가능하기에 그 사람의 내부의 약점을 미리 알아차리기도 어렵다.

학창 시절, 학교에 잘 나오지 않고 오토바이를 타고 다니며 불량한 아이라는 소문이 있어 다들 꺼리던 친구가 있었는데, 알고 보니 편부모 가정에서 자라 형편이 어려워 배달 아르바이트를 하고 있었다. 당시에는 아무도 이런 사실을 몰랐지만 졸업한 후에야 우연히 알게 되었다.

이처럼 우리는 모두 저마다 크고 작은 약점들을 갖고 살아간다. 그것이 일시적인 작은 문제인지, 삶 전체를 관통할 만큼 큰 문제인지는 다 다르겠지만 각기 다른 사정이 있었고 아무 걱정 없이 살아가는 사람은 없었다.

서로에 대해 잘 알고 있다면 이해하고 넘어갈 수 있는 부분도, 도와줄 수 있는 부분도, 가르쳐 줄 수 있는 부분도 있었겠지만, 서로의 상황을 잘 모르기에 그냥

"쟤는 원래 그래." 하고 지나쳐 버렸던 나날들.

약점이 있는 사람들에게 세상이 조금 더 다정했으면 좋겠다. 우리는 다른 사람이 어떤 상황에 놓여 있는지 잘 알지 못하니까. 조금 남루해 보이고 예의가 없어 보이더라도 무턱대고 무시하거나 비난하기보다는 그 사람의 애기를 한 번쯤 들어 줄 수 있다면 세상은 조금 더 살 만해지지 않을까.

어쩌면 사람이 필요한 건 물질이 아니라 내 애기를 들어 줄 단 한 사람일지도 모르겠다. 비록 짧은 대화일지라도 그 한 번의 대화로 우리는 서로를 좀 더 잘 이해할 수 있게 되지 않을까.

당신과 행복하기를

반박 시
네 말이
맞음

인터넷을 보면 별것도 아닌 일로 싸우는 사람들이 참 많다. 네가 옳니, 내가 옳니, 자신이 마치 그 분야의 전문가라도 되는 양 인터넷 기사나 통계, 심지어는 논문까지 찾아와 상대를 이기려고 기를 쓰곤 한다.

이런 논쟁에 피로감을 느낀 사람들은 댓글 마지막에 '반박 시 네 말이 맞음.' 이라고 적지만, 그러면 그 밑에 또 다른 이가 반대되는 자신의 주장을 적고 이번에는 마지막에 '반박 시 내 말이 맞음.' 이라고 적을 뿐, 바뀌는 것은 없다.

어느 날, 방시혁 대표가 박진영 대표에게 물었다고 한다. "형, 사람이 논리로 설득돼?" 박진영 대표는 처음엔 '당연히 되지, 왜 안 돼?' 라고 생각했으나 20년이 지난 지금은 사람은 논리로 설득될 수 없다는 것을 깨달았다고 했다.

각자의 논리는 각자의 세계에서만 옳은 것이다. 나에게는 옳은 것이 상대에게는 틀린 것일 수 있고, 상대에게 옳은 것이 나에게는 틀린 것일 수도 있다.

어떤 지혜로운 노인이 행복의 비결을 묻는 이에게 "바보들과 다투지 않는 것입니다." 라고 하니 대답을 들은 이가 "저는 그렇게 생각하지 않습니다." 라고 답했고, 그러자 노인은 "당신 말이 옳습니다." 라고 했다는 일화는 이미 유명하다.

살다 보니 세상에는 정답과 오답으로 나눌 수 없는 것들이 훨씬 많았고, 보편적인 진리라 여겨지는 것조차 누군가에게는 틀린 말이 될 수 있다는 사실을 깨달았다.

그러니 굳이 다른 사람을 바꾸려고 하지 말자. 이미 수십 년간 나와 다른 삶을 살아온 사람이기에 당연히 다를 수밖에 없고 바꿀 수도 없다.

지금 있는 그대로의 그 사람을 받아들일 수 없다면

그저 지나쳐 가면 된다. 내 입맛대로 바꾸기 위해 노력할 필요도, 그 사람에게 강요할 필요도 없다.

그 사람에게 잘못된 점이 있다고 한들 그것은 내 생각에 지나지 않을 수 있고, 설령 정말로 잘못된 것이라 하더라도 내가 고쳐 줄 필요는 없다. 가정 교육은 부모의 몫이고 나 하나 수양하기도 벅찬 세상이다. 이미 수십 년간 굳어진 습관을 바꾸려면 또 그만큼의 시간이 필요한 법인데 나와 맞지 않는 사람과 수십 년을 함께하며 고쳐 주기에는 내 삶도 녹록지 않다.

그러니 본연의 그 사람을 인정하거나 아니면 그저 스쳐 지나가는 인연쯤으로 여기도록 하자. 어차피 사람은 여간해선 바뀌지 않는다. 되지 않는 걸 붙잡고 있는 것만큼 비참한 것도 없고 서로 스트레스만 받을 뿐이다.

있는 그대로의 그 사람을 받아들이지 못하겠다면 그냥 보내 주자.

따뜻하게
안아 주세요

주위 사람들에게 하지 못하는 말을 처음 보는 사람들에게는 술술 털어놓기도 한다. 되레 가까운 사람이라서 하지 못하는 말들이 있다. 정말 깊은 곳에 있는 마음일수록 주위 사람에게 내어놓기가 어렵다. 내 상처를 듣고 상대방이 떠나갈까 봐 무섭기도 하고, 내가 가진 걱정거리를 상대방에게 같이 짊어지도록 강요하는 것만 같아서 꺼려지기도 한다.

그래서 오히려 스쳐 가는 사람들에게 더 쉽게 속마음을 털어놓게 되는지도 모르겠다. 내가 누구인지도 모르고 오늘 헤어지고 나면 다시는 만날 일이 없는 사람. 그런 익명성이 나를 드러낼 용기를 준다. 특히 혼자 여행할 때 종종 그런 사람들을 만나게 되는데, 이따금 나를 아는 사람이 없는 낯선 곳이라는 자유로움

당신과 행복하기를

은 우리를 한 꺼풀 벗겨 준다.

포르투갈 여행을 떠났을 때였다. 포르투갈의 포르투라는 도시에는 마을 전체가 유네스코 세계 문화유산으로 등재된 평화롭고 아름다운 작은 마을이 있다. 그 당시 나는 여느 가난한 여행객들처럼 게스트 하우스의 도미토리룸에 묵고 있었는데 옆 침대에 있던 외국인이 말을 걸어왔다.

나는 영어를 잘 못하기에 그 친구의 말을 절반 정도밖에 이해하지 못했지만 여러 가지 문제로 힘들어하고 있다는 것만은 충분히 알 수 있었다. 때로는 말하지 않아도 전해지는 감정 같은 것들이 있으니까.

그 친구의 이야기를 다 듣고 난 후, 나는 그에게 지금 가장 필요한 것이 무엇이냐고 물었다. "I just need a warm hug." 그저 따뜻하게 한번 안아 줬으면 좋겠다고. 지금 자신에게 가장 필요한 것은 따뜻한 온기라고 했다.

사람은 모두 저마다의 걱정거리를 안고 있다. 그리고 이런저런 이유로 자신의 상처나 아픔 같은 것들을 숨긴 채 살아간다. 갖가지 상처들로 힘들어하면서도 애써 숨기고 괜찮은 척하며 살아가는 사람들. 조금은 기댈 법도 한데, 조금은 아픈 티를 내도 될 것 같은데 꿋꿋이 자신의 마음을 감추고 밝은 체하는 사람들.

그런 사람을 보면 서글퍼진다. 그 안에 짊어지고 있을 아픔이 가늠되지 않기에. 누구보다 강해 보이지만 그 단단한 껍질 안에 들어 있을 여린 마음이 서글프다.

자신의 슬픔을 소중한 사람에게 전가하고 싶지 않아서 혼자 끌어안은 그 외로운 마음, 진심을 드러내는 데 서툴러서 혼자 아파하며 사는 그 마음을 감싸안아 주고 싶다.

백 마디 말보다 따뜻하게 한 번 안아 주는 그 온기가 위로될 때가 있으니까.

당신과 행복하기를

단단한
취향을
가진 사람

취향이 단단한 사람을 좋아한다. 딱 보기만 해도 그 사람의 손길이 닿은 것임을 알 수 있을 정도의 단단함을 가진 사람. 유행에 이리저리 휩쓸리지 않고 이미 확고한 자신만의 취향이 성립된 사람.

그 사람이 사용하는 물건이나 집의 인테리어에서도 그 사람의 흔적을 발견할 수 있는 사람. 평소 즐겨 쓰는 향수, 듣는 노래, 읽고 있는 책의 제목만 보아도 '아, 이 사람 거구나.' 싶은 사람. 하는 말과 행동을 보면 '아, 정말 그 사람답다.' 라는 생각이 드는 사람.

취향이 단단해지기까지 이미 많은 유행에 휩쓸려도 보았고, 여러 가지 시도를 해 보았을 것이다. 그 수많은 시행착오 끝에 공고해졌을 그 단단함을 좋아한다.

그리고 취향이 단단한 사람이라면 마음도 단단할 것이라 믿는다. 그 단단히 응축된 마음에서 새어 나온 향기가 자신의 취향이 됐을 테니까.

그래서 나는 당신이 좋은가 보다. 단단한 마음을 가진 사람이라서.

모음
하나의
차이

'시간이 나서' 내게 오는 사람이 있고,
'시간을 내서' 내게 오는 사람이 있다. 모음 하나의
차이지만, 그 마음엔 하늘과 땅만큼의 차이가 있겠지.

감정
쓰레기통

누군가 내게 가장 소중한 사람이 누구냐고 묻는다면 나는 한 치의 망설임도 없이 가족이라고 말할 것이다. 그리고 누군가 살면서 내가 가장 짜증을 많이 낸 사람이 누구냐고 묻는다면 그것도 가족이라 말할 것이고, 누구에게 가장 함부로 대했냐고 묻는다면 그것도 가족일 것이다.

특히 나의 짜증을 가장 많이 받아 준 사람은 단연코 엄마다. 나는 나의 수많은 잘못들을 전부 다 엄마 탓으로 돌리곤 했으니까. 급히 나가야 하는데 찾는 옷이 없을 때면 "엄마! 내 옷 어딨어!" 하며 신경질을 냈고, 나와 대화하고 싶어 방에 들어오는 엄마에게 "내 방에 함부로 들어오지 말라니까!"라며 짜증을 부리곤 했다. 오로지 내가 도움이 필요할 때나 화풀이

당신과 행복하기를

할 대상이 없을 때만 엄마를 찾았다.

엄마도 위로가 필요한 순간에 아들을 찾았겠지만, 나는 그런 많은 순간을 외면했었다. 바쁘다는 핑계로, 내가 잘되는 게 가장 큰 효도니 나중에 돈 많이 벌어서 효도하면 된다는 핑계로 미뤄 두곤 했다. 사실 모두 귀찮아서 합리화한 것뿐이었다. 사람이 필요한 건 자신이 필요할 때 함께해 줄 단 한 사람일 테고, 그건 엄마도 마찬가지였을 것이다. '엄마는 강하다.' 라는 말은 엄마가 나를 위로할 때 해야 하는 말인데, 내게는 엄마를 밀어낼 때 쓰는 핑곗거리가 되었다.

우리는 우리에게 그다지 소중하지도 않은 사람에게 받은 상처를 소중한 사람에게 풀곤 한다. 그 이유는 우리가 이미 알고 있기 때문일 것이다. 내가 무슨 짓을 하더라도 이 사람은 나를 떠나지 않을 것임을. 내가 아무리 심한 말을 하더라도 나를 사랑해 줄 것임을 가슴 속 깊이 믿기 때문이 아닐까.

우리는 누군가가 우리에게 상처를 줄 때 그 사람이 나보다 나이가 많거나, 높은 지위에 있거나, 이득을 가져다줄 수 있는 사람이거나, 나보다 힘이 세다는 핑계로 그들이 내게 상처를 주도록 허락한다. 그리고 정작 소중한 사람들에게는 별것 아닌 일에도 신경질을 부리며 화를 낸다. 그러면 안 된다는 것을 알고 다음에는 그러지 말아야지 매번 다짐하면서도, 결국에는 내 안 좋은 감정을 소중한 이들에게 연거푸 쏟아 내고 만다.

하지만 그들도 사람이다. 무슨 일이 있어도 나를 떠나지 않을 것이라는 걸 알기에, 다 받아 줄 것을 알기에 편히 나의 모든 것을 드러내곤 하지만, 그들도 사람인지라 당연히 상처받고, 힘들고, 슬프다.

내가 나의 소중한 사람들에게 부정적인 감정을 버리며 감정 쓰레기통으로 삼으면 그들은 나로 인해 쓰레기통이라는 하찮은 존재가 되고 만다. 그러니 더 이상 불평이나 핑계 같은 안 좋은 것들 말고 사랑과 다정 같은 좋은 것들만 골라 건네고 싶다. 내 소중한 사람들이 귀한 존재가 될 수 있도록.

+

화가 날 때는

1. 숨을 크고 깊게 들이마시기

2. 푹 자고 일어나기

3. 남 탓하지 않기

4. 눈앞의 문제에만 집중하기

5. 자신의 감정을 있는 그대로 받아들이기

6. 긍정적인 부분 찾아보기

7. 한 번 더 생각하고 말하기

8. 거울로 내 표정을 살펴보기

9. 문제와 나를 동일시하지 않기

10. 내 마음을 꾸짖지 않기

단
한 사람

"시간이 약이야, 다 괜찮아질 거야, 넌 할 수 있어." 이런 말들이 점점 부담으로 다가온다. 위로가 넘치는 세상에서 오히려 위로는 힘을 잃고, 이런 상투적인 말들은 더 이상 아무런 위로가 되지 않는다.

지금 당장 힘들어 죽겠는데 이런 말들이 다 무슨 소용일까. 차라리 그냥 망해도 괜찮다고 말해 줬으면 좋겠다. 무슨 일이 있어도 난 너를 떠나지 않을 거라고 말해 줬으면 좋겠다.

네가 힘들 때 손을 뻗으면 그곳에 내가 있을 거라고 말해 줬으면 좋겠고, 잘 살고 있는지 가끔 전화 한 통해 줬으면 좋겠다. 옆에서 따뜻하게 손잡아 줬으면 좋겠고, 세게 안아 줬으면 좋겠다.

당신과 행복하기를

아무리 캄캄한 밤이라도 옆에서 내 손을 잡아 주는 사람 하나만 있다면 그 밤은 덜 무서울 것 같다. 눈물이 멈추지 않는 날에도 말없이 어깨를 내어 줄 사람이 있다면 그 눈물도 외롭지만은 않겠지. 그러니 내가 힘들 때 정말로 필요했던 건 상투적인 말이 아니라, 곁에 있어 줄 단 한 사람이었다.

세상에서
가장
아름다운 것

사람이 가장 아름다웠다. 아무리 예쁜 풍경도, 화려한 네온사인도 그것들만 덩그러니 있는 것보단 사람이 함께 있는 게 더 좋았다. 외로움보단 그리움이 나았고, 사랑이 없는 삶보단 아프더라도 외사랑이 나았다.

게으른 성격 탓에 찍기만 하고 오래 방치된 필름들을 현상하면 그곳엔 항상 사람이 있었다. 남들은 멋진 풍경을 척척 잘만 찍어 내던데, 내가 찍은 풍경 사진은 어딘가 비어 있고 외로운 느낌이 들었다. 결국 사람이 들어가야만 사진이 따뜻해졌다.

그래서 내 시선은 항상 사람을 향해 있었다. 아무리 유명하고 멋진 곳을 가도 사람이 비어 있는 곳에선 아무런 의미를 찾을 수 없었다.

당신과 행복하기를

사람에게 버림받고 사람에게 상처받지만, 그럼에도 역시 가장 아름다운 것은 사람이었다.

마음의
온도

평소 체온이 높은 나는 겨울을 좋아한다. 체온이 높다 보니 손에 땀이 잘 나, 따스한 어느 계절엔 당신의 손을 잡고 있으면 금세 땀이 찼지만, 겨울에는 그렇지 않아 마음껏 당신의 손을 잡을 수 있어서 좋았다.

특히 손발이 찬 당신이었기에 내 온기로 당신의 꽁꽁 언 손발을 녹여 줄 수 있어서 그때만큼은 따뜻한 내 손이 참 좋았다. 손이 따뜻하면 마음이 차갑다는데, 그래서 나는 당신을 잃어버린 것일까.

사람과 사람의 만남에서 온도는 참 중요하다. 같은 온도라도 어떤 이는 춥다고 느끼고, 어떤 이는 덥다고 느끼니까. 여름이면 지하철 기관사들은 에어컨을 켜 달라, 꺼 달라며 쏟아지는 민원에 몸살을 앓는다고 한다. 학교나 회사에서도 누군가는 더워서 온도를 낮추

당신과 행복하기를

고, 누군가는 추워서 담요를 덮는다.

같은 침실을 공유하는 부부나 연인이라면 더할 것이다. 두 사람의 온도가 맞지 않으면 누군가는 이불을 덮으려 할 때 누군가는 차 버릴 테니.

우리 마음에도 온도가 있을까. 만약 있다면 몇 도일까. 정확히 알 수는 없지만 아마도 사람마다 천차만별일 것이다. 같은 사람이라 하더라도 상대가 누구냐에 따라 또 달라지겠지. 차가워 보이는 그 사람도 누군가에게는 따뜻한 사람일 테고, 따뜻해 보이는 저 사람도 누군가에게는 차가운 사람일 것이다.

온도가 비슷한 사람과 함께하고 싶다. 체온뿐만 아니라 마음의 온도, 언어의 온도 같은 것들이 비슷한 사람. 너무 뜨거워 데거나, 너무 차가워 얼어붙지 않을 정도의 따스함을 가진 사람. 그런 사람과 함께하고 싶다.

나를
살게 하는
사람

우울증에 걸린 동생을 위해 선물을 준비한
오빠의 이야기를 들었다. 동생은 사회에서도 일상에서
도 좋지 않은 일들이 겹쳐 불안과 우울로 힘들어하고
있었고, 그런 동생을 위해 오빠가 우울증에 대해 공부
하며 편지와 선물을 준비한 것이다.

그리고 선물한 노트에는 이렇게 적혀 있었다.

머리에 떠도는 불안은 이 노트에 손으로 옮길 것.
발로 땅을 밟으며 땅으로 마음을 옮길 것. 불안은 씻
어서 하수구로 내려보낼 것.

불안은 중력의 영향을 받는다. 그러니 머리에서 손
으로, 발로, 하수구로 내려보내며 절대 머리에 두지
말라는 것이었다. 그리고 동봉된 편지의 마지막 줄에

는 이렇게 적혀 있었다.

사랑한다는 말에는 생략된 뜻이 있대.
(무슨 일이 있더라도) 사랑해.

오늘 하루도 나를 살게 하는 사람이 있다. 보잘것없는 내게 무한한 애정과 신뢰를 보내 주는 사람. 내가 보낸 조그마한 마음에 자신의 귀한 마음을 얹어 돌려주는 사람. 어떨 땐 나보다 나를 더 잘 아는 것 같은 사람. 나도 모르던 내 모습을 대신 발견해 주고, 그럼으로써 내가 나를 더 사랑할 수 있게 해 주는 사람.

이유 없이 나를 싫어하는 사람들이 가득한 이 세상 속에서도 이유 없이 나를 좋아해 주는 사람이 반드시 한 명쯤은 있을 것이고, 그런 사람이 존재한다는 사실만으로도 우리는 또 하루를 살아갈 용기를 얻는다.

우울하고 불안한 마음이 가득 차면 시야가 좁아진다. 그럴 때면 나를 아끼고 좋아해 주는 사람보다는 나를 미워하고 괴롭히는 사람들만 눈에 들어오게 된다. 그러니 우울하고 불안할 때일수록 주변으로 고개를 돌려봤으면 좋겠다.

항상 내 곁에 있어 주는 부모님, 친구, 연인, 혹은 반려동물처럼 너무나도 익숙하여 잊고 살았던 존재들. 언제나 내 편에 서서 나의 행복을 자신의 행복만큼이나 바라는 사람들. 그러니 우리도 그 마음에 답해야 한다. 그들이 내게 건네준 다정에 나의 다정을 조금 더 얹어서 되돌려 주어야 한다.

항상 내가 건넨 것보다 더 큰 것을 돌려주는 그들이기에 무엇을 주어도 그 마음에 보답할 수 없다는 것을 알지만, 그럼에도 나는 응하고 싶다. 내가 힘들 때 내 삶의 이유가 되어 준 사람들에게 답하기 위해서라도 나는 삶을 포기하지 않고 끝끝내 살아남을 것이며, 그들이 힘들어할 때 그들의 슬픔을 덜어 줄 것이다.

그들이 내게 그랬듯이, 나의 맹목적인 사랑으로.

그런 밤

이유 없이 잠 못 드는 밤이 있듯, 이유 없이 누군가가 괜스레 보고 싶은 날이 있다.

태어난 것이 내 잘못이 아니듯, 누군가를 이토록 그리워하는 것도 내 잘못만은 아닐 것이다.

막상 보고 나면 또 한 번 상처받고 후회할 것을 알면서도 사랑했던 이의 사진을 보고 싶은 날이 있고,

미련임을 알지만 그럼에도 한 번쯤 연락하고 싶은 밤이 있다.

삶,
사람,
그리고 사랑

누가 지었는지 참 잘 지었다. 삶에 모음 하나
를 추가하면 사람이 되고, 사람에서 모난 부분을 깎
아 내면 사랑이 된다.

이처럼 두 남녀의 삶에 하나둘 획을 추가하며 그 결
실로 사람이 태어나고, 한 번, 두 번 사랑을 하며 몸과
마음이 부딪치다 보면 사람의 모난 부분이 깎여 사랑
이 된다.

삶을 삶이라, 사람을 사람이라, 사랑을 사랑이라 부
르기 시작한 사람은 이런 것들을 이미 알고 있었던 것
일까. 삶이라는 어원에서 사람이 태어나고 또 사랑이
태어났을까. 혹은 그 반대일까.

이토록 삶과 사람, 그리고 사랑이 닮아 있어 사람들

당신과 행복하기를

이 그렇게도 사랑에 매달리나 보다. 누군가는 사랑이 없는 삶은 아무것도 아니라고 하고, 누군가는 사랑이 아니면 죽음을 달라고 한다. 누군가는 사랑이 전부라고 하며, 또 누군가는 사랑이 모든 것을 이긴다고 한다.

사랑이 삶과 사람에 있어 그만치 중요한 것이라면, 이러한 사랑이 없는 사람은 더 이상 사람이라 칭할 수 없는 것일까. 사랑, 사람, 삶. 이 연결 고리가 끊어진 삶은 더 이상 올바른 삶이 아닌 것일까.

그렇다면 무엇이라 불러야 할까. 사랑이 없는 삶은 산 중턱의 발에 치이는 돌멩이, 해변의 모래알, 푸른 하늘의 뭉게구름, 졸졸 흐르는 시냇물 같은 것일까.

무엇이 되었든 나쁘게 말하고 싶지는 않다. 처음부터 아무것도 사랑하지 않았던 사람은 없을 테니. 지금 아무것도 사랑하는 것이 없는 사람은 언젠가 가장 사랑하던 것을 잃은 사람일 테니.

누구보다도 크고 아프게 무언가를 사랑했던 사람일 테니.

자꾸자꾸
생각나는 사람

　　몇 년 전, 이탈리아 여행에서 돌아오는 길에 공항이 셧다운된 적이 있었다. 셧다운 자체는 큰 문제가 되지 않았지만, 문제는 공항 전체가 셧다운되면서 모든 비행이 연기됐다는 점이다. 나는 이탈리아에서 러시아로 가서 환승 후 한국으로 들어오는 일정이었는데 이번 비행기가 연착되면 환승 편을 놓칠 게 뻔했다. 휴가가 길지 않아서 마지막 날 한국에 입국하고 다음 날 바로 출근해야 하는 스케줄이었던지라 점점 조바심이 나기 시작했다. '내일 출근해야 하는데 어쩌지. 교수님한테는 뭐라고 말씀드리지. 많이 혼나려나….' 이런저런 고민을 하는데 친구는 오히려 좋다며 여유를 부렸다.

　"어차피 비행기가 연착되는 건 기정사실이고 우리

가 할 수 있는 건 아무것도 없어. 지금 우리가 걱정한다고 해서 비행기가 빨리 날아갈 것도 아니고, 환승 비행기가 우릴 기다릴 것도 아니니 너무 걱정하지 말고 우선 러시아로 가자." 라는 것이 친구의 논리였다. 평소 태평한 건 알았지만 내 생각보다 더 태평한 놈이었다. 그래도 맞는 말이었다. 어차피 우리가 할 수 있는 건 없었다.

결국 예정 시간보다 2시간가량 늦게 비행기가 출발했고, 러시아에 도착했을 때 우리가 타야 했던 비행기는 이미 떠나고 없었다. 그래도 항공사에서 하루 동안 머물 호텔과 여비를 지원해 주었다. 친구의 말대로 오히려 좋은 것인지, 우리는 뜻밖에 휴가를 하루 더 얻었고 팔자에도 없던 러시아 여행을 즐길 수 있었다. 그렇게 다음 날까지 모스크바를 구경하고 러시아 음식을 맛보며 무사히 한국으로 돌아왔다.

한국에 도착해 하루 늦게 출근했지만 아무 일도 없었다. 동기와 후배들이 내 일을 잘 처리해 주고 있었고, 교수님은 혼을 내기는커녕 별일 없어서 다행이라며 위로해 주셨다. 결국 친구의 말대로 모든 일이 잘

풀렸고 하루의 휴가를 더 즐길 수 있었기에 오히려 좋았다.

바라만 보고 있어도 기분이 좋아지는 사람이 있다. 매사에 긍정적이고 뭐가 그리 좋은지 항상 웃고 있는 사람. 함께 있다 보면 그 마음이 옮아 나까지 웃게 만드는 사람. 분명 나와 같은 세상을 살아가고 있는데 내게는 어렵고 힘들기만 한 세상이 그 사람에게는 대수롭지 않은 것처럼 보인다. 어려운 일도 별것 아니라는 듯 척척 해내고 힘든 사람을 보면 먼저 도움의 손길을 내밀 줄 아는 사람.

그런 사람과 함께 있으면 항상 즐겁다. 부정적인 마음이 들어오지 못하게 항상 기쁨으로 나를 채워 주니까. 잘되면 잘돼서 좋고, 혹여 잘못되더라도 거기서 장점을 찾아 오히려 더 좋은 기회로 만든다. 이런 사람은 힘든 일이 있을 때마다 문득문득 떠오르고 자주자주 그리워진다.

지치고 힘든 일이 있을 때마다 '걔가 있었으면 어땠을까. 분명 내게 큰 힘이 되어 줬겠지.' 싶어 계속 그리워진다.

이 품에
안을 수 있을 정도의
인연만

어릴 적부터 내 MBTI는 항상 E로 시작했
고, 외향적인 성격 덕분에 새로운 사람을 만나고 많은
이들과 교류하는 것을 좋아했다. 하지만 나이가 들면
서 성격이 좀 바뀌었는지 요새는 새로운 사람을 만나
기보다 예전부터 알고 지내던 익숙한 사람들을 만나
는 것이 더 좋다. MBTI 검사를 해 보면 E와 I가 거의
절반씩 나올 정도로 성격이 많이 변했다.

살다 보니 복잡한 인간관계가 점점 버겁게 느껴진
다. 반복되는 만남과 이별에 지쳐 가고, 본모습보다는
꾸며 낸 모습으로 있어야 하는 얕은 관계들에 피로를
느낀다.

이제는 조금 좁더라도 깊은 관계에서 편안함을 느낀
다. 예전에는 유명한 사람과 아는 사이거나 많은 사람

과 알고 지낸다는 것에서 자부심을 느끼곤 했다. 오늘 내 싸이월드 방문자는 몇 명인지, 메신저 친구는 몇 명인지, 인스타그램 팔로워가 몇 명인지 같은 것들.

하지만 얕은 관계는 생활 반경이 바뀌는 순간, 내 곁에 언제 그런 사람이 있었냐는 듯 일순간 사라지곤 했다. 휴대전화에 저장된 번호 수가 수백 개가 넘어도, 정말 힘들고 외로울 때 전화할 수 있는 사람은 다섯 명도 채 되지 않았다.

더 이상 구태여 많은 사람과 인연을 맺고 싶지 않다. 이 좁은 품에 담지 못할 정도의 무수한 관계를 맺어 봐야 소홀해지는 사람만 늘어날 뿐이다. 그렇지 않아도 복잡한 세상, 인간관계까지 복잡하게 만들고 싶지는 않다.

비록 몇 명 되지 않더라도 내 품에 안을 수 있을 만큼의 인연만 끌어안고 싶다. 그렇게 내게 온 인연들을 소중히 여기며 그들과 더 많은 시간을 보내고 싶다.

세상은 점점 더 복잡해져 혼자서는 살 수 없고 많은 사람의 도움이 필요하겠지만, 그럼에도 정말 내 사람이다 싶은 사람들만 신경 쓰며 살고 싶다.

당신과 행복하기를

그런 사람이
있다

함께 있을 때 유난히 즐거운 사람. 취향이 비슷하여 내가 좋아하는 것을 함께할 수 있는 사람. 싫어하는 것도 비슷하여 굳이 배려하거나 희생하지 않아도 되는 사람.

함께 있을 때 에너지가 닳는 게 아니라 오히려 함께 있을 때 충전되는 것 같은 사람. 헤어지기가 아쉽고 헤어지기도 전에 벌써 다음 만남이 기다려지는, 보고 있어도 또 보고 싶은 그런 사람.

단단한
사람

참 단단해 보이는 사람들이 있다. 어떤 일이 있어도 흔들리지 않을 것 같은, 항상 의연해 보이는 사람들. 겉으로 보기에 단단해 보이는 그 사람은 얼마나 많은 상처를 안고 살았기에 저리도 단단해졌을까. 단단해지기까지 얼마나 아팠을까.

쇠는 두드릴수록 단단해진다. 사람도 마찬가지다. 두들겨 맞고 상처 입은 마음은 더 이상 상처받지 않기 위해 자신을 꽁꽁 감싼다. 마음을 숨기고 더는 표현하지 않는다.

그 모습은 얼핏 단단해 보일지 모르나 그저 상처 입은 가련한 사람일 뿐이다. 사실 누구보다도 많이 아팠던 사람일 것이다. 누구보다도 단단해 보이는 그 사람은.

당신과 행복하기를

말을
예쁘게 하는
사람

어느 봄, 우리는 동네 어귀를 걷고 있었다. 어디를 가는 길이었던가, 갔다가 돌아오는 길이었던가.

여느 봄처럼 길가엔 벚꽃들이 피어 있었다. 아직 만개하진 않았지만 길가를 수놓은 벚나무들이 제철을 맞아 벚꽃을 막 피워 내기 시작하던 때. 그리고 줄지어 늘어서 있는 나무들과 달리 혼자 동떨어져 있던 나무 한 그루.

그 나무는 다른 나무들과 달리 유난히 벚꽃이 많이 피어 있었다. 홀로 있어서 철을 모르고 혼자만 그렇게 만개해 있었던 것일까. 다른 나무들은 친구들의 눈치를 살피며 피는 시기를 맞춰 가고 있었지만, 외로이 떨어져 있는 나무는 친구가 없는 것인지 눈치가 없는 것인지 홀로 활짝 만개해 있었다.

그 나무를 보고 당신이 말했지. "얘는 외로워서 먼저 폈나 봐." 그 말을 들은 순간, 내 마음에도 당신이라는 꽃이 피었다. 나무의 외로움마저 알아주는 사람이라면 나를 외롭게 하지는 않겠다 싶어서. 그리고 이토록 말을 예쁘게 하는 사람이라면 마음도 예쁘겠다 싶어서.

말을 예쁘게 하는 사람이 좋다. 말을 예쁘게 한다는 것은 생각이 예쁘다는 뜻이고, 생각이 예쁘다는 것은 마음도 예쁘다는 의미니까. 그런 예쁜 마음을 내게 주는 사람이 좋다.

너무나도 당연한 말이지만 생각보다 세상엔 이 당연한 것을 모르고 살아가는 사람이 많다. 자신을 과시하려 허세를 부리고, 강하게 보이고 싶어 입에 욕을 달고 산다. 그런 모습에서 드러나는 것은 결국 열등감과 낮은 자존감뿐인데.

말만 예쁘게 해도 평균 이상인 세상이다. 마음을 가다듬는 것은 어렵고 오래 걸리므로, 우선 말부터 예쁘게 다듬어 보자. 그러다 보면 분명 마음도 예뻐질 것이다. 말은 마음의 창구니까.

당신과 행복하기를

결이 맞는
사람

결이 맞는 사람을 만나면 나도 모르게 그 사람에게 스며들곤 한다. 나와 비슷한 가치관을 가지고 소중히 여기는 것이 들어맞는 사람. 같은 곳을 바라볼 수 있는 사람.

옳고 그름의 기준이 비슷하여 내가 옳다고 생각하는 방향으로 걸을 수 있도록 든든한 버팀목이 되어 주는 사람. 내가 무너지려 할 때도 나와 함께 걸으며 넘어지지 않게 옆에서 내 손을 꼭 잡아 주는 사람.

갑자기 바보 같은 짓을 하고 싶어질 때는 기꺼이 함께 바보가 되어 주는 사람. 내가 오른손을 내밀면 같이 오른손을 내밀어 주고, 아무 말 없이 오른발을 내밀면 자연스레 자신의 오른발을 내밀어 같이 발박수를 칠 수 있는 사람.

기복이 심한 나를 위해 때로는 엄마처럼 따뜻하게 안아 주고, 때로는 아빠처럼 든든한 버팀목이 되어 주는 사람. 그러다 때로는 한없이 어린아이가 되어 함께 뛰어놀 수 있는 사람.

어릴 땐 외적인 모습을 중요하게 생각했지만, 이제는 그런 것보다 나와 얼마나 잘 맞는 사람인지를 더 생각하게 된다. 결국 중요한 것은 외모나 조건 같은 것들이 아닌 얼마나 오래도록 함께할 수 있는 사람인지 같은 것이었으니까.

그렇게 서로에게 기대어 살아갈 수 있는 사람과 함께하고 싶다.

당신과 행복하기를

닫힌 문을
여는
사람

언제나 나를 슬프게 하는 것은 나에게 소중한 사람들이었고 그 아픔은 소중한 정도와 비례했다. 상처받는 일이 늘어날수록 사람을 대하는 것이 두려워지고 누군가를 진심으로 받아들이는 것이 어려워진다.

그럼에도 불구하고 닫힌 마음을 열고 들어오는 사람들이 있다. 내 삶에 빛이 되어 주는 사람들. 조그마한 틈만 보여도 그 사이로 비집고 스며드는 사람들.

그런 사람을 만나면 언제 그랬냐는 듯 마음의 문이 활짝 열리고 다시금 누군가를 받아들이게 된다. 바보같지만 나도 내 뜻대로 할 수 없는 게 내 마음인지라. 사랑 없이는 살아갈 수 없는 세상인지라. 나는 그렇게 또 누군가를 마음에 품고 살아간다.

제3장

당신이

아프지

않기를

바라는

마음에

사랑한다는 말보다는

나를 바라보는 그 눈빛을 믿는다.

번지르르한 말보다는

나를 향해 걸어오는 그 발걸음을 믿는다.

말은 꾸며 낼 수 있지만,

절대 꾸며 낼 수 없는 것들이 있다.

나를 바라보는 그 눈빛에서

나를 아끼는 마음을 읽을 수 있고,

다른 일은 다 제쳐 두고

나에게 달려오는 그 발걸음에서

내가 무엇보다 우선이라는 것을 알 수 있다.

아침에 오는
연락은
사랑이래요

　　아침에 오는 연락은 정말 사랑 같다. 이른 아
침에 누군가에게 연락이 온다는 것은 눈을 뜨자마자
나의 안부를 걱정하는 사람이 있다는 뜻이니까. 피곤
한 아침, 잠에서 깨어 가장 먼저 하는 일이 누군가에
게 안부 인사를 건네는 일이라거나, 간밤에 와 있는
연락을 확인하며 누군가를 떠올리는 일이라면 분명
사랑일 것이다. 내가 누군가의 하루의 시작이 되고,
또 누군가를 떠올리는 것으로 나의 하루가 시작된다
는 것. 그것만큼 확실한 사랑의 증거가 또 있을까.

　　당신이 아프지 않기를

당신을
사랑한다는
말

사랑은 표현해야 하는 것이다. 아무리 깊은 사랑이라도 침묵하면 전해지지 않는다. 말로 하기 어렵다면 편지를 써도 좋고, 꽃 한 송이를 선물해도 좋다. 사랑하는 연인들은 시간이 날 때면 서로에게 메시지를 보내고 전화를 걸곤 한다.

사실 우리 일상이 달라 봐야 얼마나 다를까. 학생은 일어나면 응당 학교에 가고, 직장인은 회사로 향한다. 또 누군가는 도서관에 갈 테고, 누군가는 운동을 하러 가겠지.

매일매일 비슷한 일상 속에서 별일이 얼마나 있을까 싶지만, 그 별것 아닌 시시콜콜한 일상마저 서로에게 표현하고 있는 것이다.

나는 이런 사소한 것들도 당신과 나누고 싶다고. 당신과 함께하고 싶다고. 나는 지금 이 순간에도 당신을 생각하고 있다고. 그렇게 당신을 사랑한다고 외치고 있는 것이다.

다정한
사람

당신은 그런 사람이었다. 고단한 하루 끝에 얼굴을 잔뜩 찌푸리고 있으면 오늘 무슨 일 있었냐며 나를 끌어안아 주던 사람. 뾰로통한 얼굴로 툴툴대고 있으면 조금만 더 다정하게 말해 달라며 눈물짓던 사람. 내 실수로 계획이 어그러져도 덕분에 더 좋은 경험을 하게 됐다며 웃어 주던 사람.

당신이 아끼는 물건을 부수거나 접시를 깨뜨려도 화내기보다는 어디 다친 곳 없냐고 물어봐 주던 사람. 아끼는 물건이 고장 나면 얼굴에 짜증이 잠깐이라도 스쳐 지나갈 법한데, 전혀 그런 내색 없이 오히려 잘못을 저지른 내 마음을 먼저 헤아려 주던 사람.

분명 기분이 좋지 않을 텐데도 미안해할 나를 위해 자신의 기분을 숨기는 그 마음이 고마웠고, 마음에 여유가 없어 자주 힘들어하는 나를 보듬어 주는 그 마음이 예뻐 보였다. 혼자 굴을 파고 들어가 괴로워하고 있으면 먼저 다가와 주는 당신이 좋았다.

나는 칠칠치 못해 항상 무언가를 묻히고, 떨어뜨리고, 쏟고, 깨뜨리지만, 다른 것은 다 잃어버리더라도 당신같이 다정한 사람만큼은 잃고 싶지 않다고 생각했다.

당신이 아프지 않기를

당신과는
천천히

나는 심각한 악필이라 한 자 한 자 신경 써서 적지 않으면 다른 사람은 물론이고, 나중에는 나조차도 무슨 글자인지 못 알아볼 때가 많다. 악필의 좋은 점이 있다면 첫째는 일기를 쓰고 아무 곳에나 내버려두어도 아무도 읽지 못하니 걱정이 없다는 점이고, 둘째는 천재는 원래 악필이라며 으스댈 수 있다는 점이다. 그 외에는 다 단점이다.

나이도 먹을 만큼 먹었으니 그동안 수도 없이 많은 글자를 적어 왔을 텐데 어쩌면 이다지도 악필일 수 있을까. 공부도 운동도 하다 보면 는다지만 이놈의 글씨만큼은 아무리 써도 예뻐지지가 않는다. 마음이 삐뚤면 선을 일자로 긋지 못한다는데, 한글은 대부분 선과 선의 만남으로 이루어져 있으니 나는 마음이 삐뚤어서 예쁜 글씨를 쓸 수 없는 것일까.

급한 성격 때문인지도 모르겠다. 한 획을 그으면서도 이미 마음은 다음 글자에 가 있으니 글씨가 예쁠 턱이 없다. 어릴 때부터 조급했던 나는 기억 속에서 늘 어디론가 뛰어가고 있다. 걷는 시간도 아까워 쉬지 않고 뛰어다녔다.

사랑을 할 때도 항상 조급했다. 누군가가 나에게 조금만 잘해 줘도 금세 마음을 활짝 열었다. 내가 마음을 연다고 해서 상대방이 들어올 것도 아닌데. 그렇게 누군가를 쉽게 좋아하고 상대의 마음을 지레짐작하다가 그 사람이 내 마음에 화답하지 않으면 쉬이 상처받고 도망치곤 했다.

조급하게 시작한 사랑은 성공해도 문제였다. 서로에 대해 잘 알지 못한 채 시작한 사랑은 알아가게 되면서 실망만을 남기기도 했고, 내 조급함에 질려 버린 상대가 떠나기도 했으니. 그래서 이제는 바라는 것이 다른 것은 몰라도 사랑에만큼은 급하지 않았으면 좋겠다는 것이다.

당신이 아프지 않기를

마음의 문은 천천히 열어도 괜찮다. 섣부른 시작은 외려 큰 상처를 남기기도 하니까. 첫 만남의 가꾸어진 모습보다는 자연스러운 그 사람의 모습에 빠져들 수 있도록.

중요한 것들을 알기에는 시간이 좀 필요하다. 물론 첫 만남에서 느끼는 설렘도 좋고, 상대방의 외모나 조건 같은 것들이 내 맘에 쏙 들 수도 있지만, 그보다 더 중요한 것들이 있다.

나와 결이 같은지, 섬세함의 정도는 비슷한지, 언어의 온도는 맞는지. 쉬는 날엔 무엇을 하며 시간을 보내고, 좋아하는 음식은 무엇인지. 어떤 장르의 영화를 선호하고, 어떤 가수를 좋아하고, 나와 같은 곳을 바라볼 수 있는 사람인지 같은 것들.

가끔 닫힌 문을 순식간에 열어젖히는 사람을 만나면 무방비로 무너지곤 하지만, 그래도 우리 소중한 만큼 천천히, 조심스럽게 다가서고 받아들이는 연습을 해 보자. 인연은 시작하는 것보다 그만두는 게 더 어려우니까. 그러니 우리 서두르지 말자.

애인은
기간제 베프

애인은 기간제 베프라는 말이 있다. 참 슬프기도 하지만 한편으로는 신기하기도 하다. 알게 된 지 몇 달이 채 되지 않은 사람이 수십 년을 알아 온 친구보다 가까워지기도 하고 가족만큼 소중해지기도 한다는 것이.

그간 내 인생에 존재하지 않았던 사람이 사랑에 빠지는 순간 내 인생에서 가장 중요한 존재가 된다. 서로의 마음이 같으면 '고백' 이라는 과정을 거쳐 '연인' 이라는 계약을 맺는다. 그리고 그 계약의 대가는 '사랑'.

명확한 조건을 명시한 계약서 같은 것은 없지만 이 계약에는 서로가 서로를 가장 아낄 것이며, 서로에게 서로를 가장 소중한 사람으로 그 지위를 격상시켜야

당신이 아프지 않기를

한다는 조건이 암묵적으로 포함되어 있다.

그렇게 연인이 되면 서로 간에는 무엇도 숨기지 않지만 상대의 비밀은 평생 지켜 줘야 하며, 둘 사이에서 일어난 일은 누설되지 않도록 잘 감싸 줘야 한다는 조건이 따라붙는다. 그래서 연인에게는 가족이나 친구에게조차 보여 주지 못했던 나의 가장 깊은 곳까지 드러낼 수 있다. 그리고 그것을 가능케 하는 것이 사랑이고 연인이라는 관계가 가진 구속력일 것이다.

기간제라고는 하지만 기간이 명확하게 정해져 있지 않고 상호 합의하에 영원히 연장할 수 있는 관계. 사랑이라는 합당한 대가만 계속 지급된다면 그 계약은 한쪽이 파기하기 전까지 영구히 지속될 것이다.

그러니 우리 사랑 앞에서는 최선을 다하자. 우리의 사랑이 기간제로 끝나는 것이 아니라 영원히 이어지도록.

뚝딱
뚝딱

　　좋아하는 사람 앞에만 서면 고장 난 로봇이
되어 버린다. 머리가 새하얘져 아무 생각도 나지 않고,
내가 지금 무슨 말을 하고 있는지, 무엇을 하고 있는지
조차 모르겠다.

　　좋아하는 마음이 너무 크면 그럴 때가 있다. 평소에
는 하지 않던 실수를 하기도 하고, 걷는 방법을 잊어버
린 사람처럼 삐걱대기도 한다. 가끔은 가식을 떨기도
하고, 상대방의 아무 의미 없는 말 한마디에 며칠 밤
을 지새우며 고민하기도 하고, 연약해진 마음에 쉽게
상처받기도 한다.

　　하지만 그러면 좀 어떤가. 그런 모습조차 귀엽게 봐
줄 사람이 지금 내 옆에 있는데. 누구에게나 처음은
있고 이런 모습도 한때일 텐데. 시간이 지나면 서로에

　　당신이 아프지 않기를

게 점점 익숙해지고 긴장이 풀리며 원래 내 모습이 나오게 될 것이다.

　가끔 그런 말을 하는 친구들이 있다. 사귀고 나서보다 사귀기 전에 썸 탈 때의 설렘이 더 좋았다고. 그 이유는 조금 뚝딱거리고 어설프더라도 서투른 모습까지 사랑으로 느껴져서가 아닐까. 그런 서투름은 연애 초기에만 느낄 수 있는 거니까. 그러니 우리 이런 부족한 모습마저 사랑하기로 하자. 곧 사라질 연약함이니.

어깨와
어깨가
맞닿을 때

어깨만큼 사랑을 닮은 것이 또 있을까. 마음
이 기울면 몸도 기울기 마련인지라, 사랑하는 사람을
만날 때 내 어깨는 상대방에게로 한없이 기운다. 혼자
서만 치우치면 이내 쓰러지고 말겠지만, 상대의 마음
도 나와 같다면 서로에게 기울고 기울다 어깨가 맞닿
고 비로소 사랑은 시작된다. 서로의 어깨에 기대어 살
아가는 나날들. 그렇게 어깨를 빌리고 머리를 맞대며
상대가 쓰러지지 않도록 버팀목이 되어 살아가는 나
날들. 그것을 나는 사랑이라고 부른다.

당신이 아프지 않기를

돌보는
사람

아무래도 사람이 가장 약해지는 순간은 몸이 아플 때가 아닐까. 병원에 있다 보면 많은 사람을 만나게 되지만, 그중에서도 가장 자주 접하는 사람은 환자와 보호자다. 여러 종류의 환자가 있듯, 여러 종류의 보호자가 있다.

매일매일 병원에 들러 환자를 보살피는 보호자가 있는가 하면, 가끔씩 찾아와 함께 시간을 보내거나 거의 찾아오지 않는 보호자도 있다.

장기간 사람이 아프면 환자뿐 아니라 보호자도 지치기 마련이다. 장기 입원의 경우 비용을 내기 위한 경제적인 문제도 간과할 수 없다. 비용 문제 때문에 어쩔 수 없이 간병을 포기하고 생업 전선에 뛰어드는 보호자들도 있다.

심지어 24시간 보살핌이 필요한 중환자들의 경우에는 도리어 간병인이 병을 얻는 경우도 많고, 심각한 장애가 있거나 불치병으로 평생을 병원에서 지내야 하는 환자를 돌보는 것은 기약 없는 전쟁과도 같다.

　그런 많은 역경에도 불구하고 지극정성으로 가족을 돌보는 보호자를 보면 나도 마음이 뭉클해지곤 한다. 잠자리가 덥진 않을까 온도를 맞추고, 춥진 않을까 자다가도 일어나 이불을 덮어 준다. 밥을 먹다 목에 걸리진 않을까 반찬을 다져 주고, 맛있는 반찬은 먼저 밥 위에 올려 준다.

　신형철 평론가는 '돌보는 사람은 언제나 조금 미리 사는 사람'이라고 말하며, '누군가 자신을 돌본다는 따뜻함까지 느낄 수 있도록 티 나게 돌보아야 한다.'고 하였다. 그랬다. 돌보는 사람은 항상 남보다 조금 앞서 있었다. 환자가 밥을 먹기 전에 너무 뜨겁진 않은지 먼저 먹어 보고, 환자가 가는 길에 장애물은 없는지 먼저 살펴본다.

　그런 환자와 보호자를 보면 나도 모르게 당신이 떠

오른다. 우리도 저런 관계가 될 수 있을까. 당당하게 내가 당신의 보호자라 말하게 되는 날이 올까. 당신이 아플 때 나는 편한 잠자리를 내버려두고 좁디좁은 보호자용 간이침대에서 아픈 허리를 부여잡으며 매일을 보낼 수 있을까.

물론 쉽지 않은 일일 것이다. 사람은 지치기 마련이니. 그럼에도 나는 당신을 돌보는 길을 걷고 싶다고 말한다. 당신과의 미래를 내가 먼저 한번 살고, 당신과 함께 한 번 더 살고 싶다고. 그것이 내가 당신을 돌보는 방식이라고.

그리고 그것이 내가 당신을 사랑하는 방식이라고. 숨기지 않고 마음껏 드러내며 티 나게 당신을 돌볼 것이다. 당신을 돌보려는 나의 마음이 당신에게 닿도록. 누군가 당신을 돌본다는 그 따뜻함까지도 당신이 가질 수 있도록.

한 송이 꽃을
사는
마음으로

꽃을 살 때는 받을 이가 기뻐할 마음까지 같이 들이게 된다. 누군가는 어차피 시들어 버릴 텐데 아무 쓸모도 없는 꽃을 왜 사냐고 묻지만, 단순히 꽃을 사는 것이 아니다.

꽃을 통해 당신을 생각하는 내 마음이 온전히 전해지기를 바라고, 이 꽃을 보고 좋아할 당신의 마음, 그 꽃을 잘 보이는 곳에 꽂아 두고 볼 때마다 나를 떠올릴 그 시간까지 같이 사는 것이다.

꽃을 선물 받은 사람들은 말한다. 꽃 자체가 좋은 것도 있지만, 그보다 더 좋은 것은 연인이 나를 생각해 꽃집에 들러 꽃을 고르고, 사람들이 볼 때 부끄러워도 아랑곳하지 않으며 거리를 거니는 그 마음이 더 좋다고.

당신이 아프지 않기를

세상에는 눈에 보이지 않지만, 보이는 것보다 더 중요한 것들이 많다. 예쁜 것들을 보면 가장 먼저 당신을 떠올리는 마음, 그 꽃을 받고 좋아할 당신을 떠올리며 설레는 마음, 그리고 당신을 사랑하는 나의 마음 같은 것.

그런 것들은 말로는 잘 전해지지 않기 때문에 한 송이 꽃을 통해 대신 전하는 것이다.

사랑에는
요령 부리지
말자

게으른 성격의 장점은 모든 일을 효율적으로 처리하려 한다는 것이고, 단점은 항상 요령을 부린다는 것이다. 게으르기로 둘째가라면 서러운 나는 사랑에도 요령을 부리곤 했다. 연락이 뜸해 꾸지람을 듣다 보니 어느 정도 텀으로 연락하면 혼이 나지 않는지 알게 되었고, 공감 능력이 부족하다고 욕을 먹다 보니 어떨 때 어떤 대답을 하면 되는지 알게 되었다.

마음에 들지 않지만 그렇다고 선을 넘은 것은 아니라, 상대도 화를 내기에는 애매하니 꾹 참았을 것이다. 그러나 내가 최선을 다하지 않는다는 것쯤은 알았을 테고 결국 지쳐 버린 상대방이 먼저 이별을 고하곤 했다.

요령껏 했던 사랑이라 하더라도 이별은 항상 아팠다. 이별의 원인이 나일지언정 모든 이별은 저마다의

당신이 아프지 않기를

아픔을 동반했고 나는 상실감에 괴로웠다. 그리고 그럴 때마다 후회와 죄책감이 함께했다.

내가 조금 더 잘했다면 우리는 헤어지지 않아도 되었을까. 그 사람도 나도 덜 아플 수 있지 않았을까. 사랑은 머리가 아닌 마음으로 하는 것이라는 사실을 나는 조금 더 빨리 깨달았어야 했다.

그러니 우리 사랑할 때만큼은 요령 부리지 말자. '이쯤 하면 됐겠지.' 라고 생각하지 말고 할 수 있는 최선을 다하자. 있을 때 잘하라는 말이 괜히 있는 게 아니다.

누군가가 나를 사랑해 줄 때는 그 사랑이 지쳐 떠나지 않도록 나도 그 사랑에 있는 힘껏 답해야 한다. 지나간 버스에 손을 흔들어 봐야 아무 일도 벌어지지 않고, 그건 사랑도 마찬가지다.

그러니 우리 매 순간 최선을 다해 사랑하자. 훗날 후회하지 않도록. 지금 이 사랑을 지킬 수 있도록. 시간이 흐른 뒤 오늘을 되돌아봤을 때 정말 후회 없이 사랑했노라 말할 수 있도록.

Love
or Death

　　우리는 사랑을 하고 이별을 하고서, 다시 또
사랑을 하고 이별을 한다. 마치 이별하기 위해 사랑하
기라도 하는 것처럼.

　　이별에 아파하면서도 거듭 사랑을 찾는다. 아니, 이
별을 찾는다고 해야 할까. 계속 반복되는 이별에 지쳐
가지만, 그럼에도 우리는 또다시 사랑을 찾을 것이다.
사랑이 없는 삶보다는 아프더라도 사랑하며 살아가는
삶이 나으니까. 사랑이 아니면 아무것도 아니니까.

　　영화 <레옹>에는 어린 마틸다가 레옹에게 "사랑이
아니면 죽음이에요 Love or Death." 라고 말하는 장면이
나온다. 도대체 사랑이 무엇이길래 우리는 이토록 사
랑을 찾아 헤매는 것일까. 어떤 것이길래 죽음보다도
더 소중하게 갈구하는 것일까.

당신이 아프지 않기를

사랑을 해 본 사람이라면 아마도 처음 누군가와 사랑에 빠졌던 순간을 기억할 것이다. 무채색 같던 내 삶이 수채화처럼 화려하고 예쁜 색을 띠게 되던 그 순간을.

사랑이란 이처럼 칙칙한 내 삶에 명도와 채도를 더해 주는 일과 같다. 남녀 간의 열렬한 사랑뿐만 아니라 부모와 자식 간의 사랑, 친구 간의 우정, 아끼는 물건이나 추억에 조용히 스미는 사랑까지. 모든 사랑은 소중하다.

매 순간 사랑하며 살고 싶다. 모든 시선에 사랑을 담아 당신을 바라보고, 손길 하나에도 사랑을 담아 당신을 쓰다듬고 싶다. 되돌아보면 내 삶이 가장 빛났던 순간은 무언가를 사랑하던 때였으니까.

그러니 아무리 그것이 나를 아프고 힘들게 하더라도 매 순간 사랑하며 살겠다.

사랑이 아니면 죽음이니까.

있는 그대로의
나로
살게 해 주는 사람

처음 글을 쓸 때는 최대한 길게 쓰려고 애썼다. 나라는 사람이 사실 별것 아니라는 걸 들키는 게 두려워 최대한 아는 척, 있는 척하며 글을 늘려 나갔다. 하고 싶은 말은 다 적고, 부연 설명도 하고, 예시도 들어가면서. 그렇다고 내가 똑똑한 사람이 되는 것도 아닌데 욕심을 덕지덕지 붙여 나갔고, 그렇게 적힌 글들은 결국 세상에 빛을 보지 못한 채 메모장 한구석에 처박히곤 했다. 나조차도 읽기 싫은 글을 남들이 읽어 줄 리 만무했다.

지금은 최대한 짧게 적으려고 애쓰고 있다. 요컨대 읽기 쉬운 글이 좋은 글이다. 짧은 내용 속에 하고 싶은 이야기를 최대한 꾹꾹 눌러 담고 싶다. 짧지만 많은 의미를 함축하고 있는 시처럼.

당신이 아프지 않기를

이해인 시인은 시를 '오래오래 생각해서 짧게 쓰는 것, 길게 늘였다가 짧게 압축하는 것, 짧을수록 오래 읽는 것'이라고 하였다. 내가 여느 시인들처럼 아름답고 오래도록 읽히는 시를 쓸 수는 없겠지만 그래도 그 비스름한 무언가를 쓰고 싶다고 하면 너무 큰 욕심일까.

항상 늘리는 것보다 덜어 내는 것이 더 어려웠다. 자식 같은 문장들을 칼질하며 부사는 날리고, 중복되는 내용은 지우고, 불필요한 내용은 도려낸다. 열 줄, 스무 줄이 넘던 글이 세 줄, 네 줄로 난도질당할 때면 앙상히 뼈만 남은 문장이 가여워 보이기도 하지만 애초에 필요 없는 욕심 덩어리들이었기에 없는 편이 나을 것이다.

욕심은 아무리 부려도 넘치지 않는 마법의 샘물 같아서 덜어 낸다는 것이 참 어렵다. 글을 쓸 때도, 일을 할 때도, 사랑을 할 때도.

누군가에게 꾸미지 않은 그대로의 내 모습을 보여 준다는 것은 참 어렵다. 그것이 연인이든 친구이든 동료이든, 누구든지 간에 타인에게 좋은 사람, 멋진 사람으로 기억되고 싶다는 욕심 때문이다. 그것이 나쁜 일이라고 생각하진 않는다. 좋은 사람인 척하며 살다가 그게 습관이 되면 정말 좋은 사람이 될지도 모르니까. 하지만 매 순간 나를 그렇게 꾸며 내야 한다면 언젠가는 지칠 수밖에 없다.

그러니 이제는 그런 욕심들은 덜어 내고 있는 그대로의 내 모습을 사랑해 줄 수 있는 사람과 함께하고 싶다. 특별히 꾸미지 않아도, 더벅머리에 후드티 하나 걸치고도 편안하게 만날 수 있는 사람. 괜히 내숭 떨지 않아도 되고, 멋있어 보이려고 억지로 노력하지 않아도 되는 사람.

슬플 땐 못생겨질까 걱정 없이 마음껏 울고, 화가 날 땐 같이 욕도 하며, 기쁠 땐 숨김없이 기쁜 티를 내도 되는 사람. 이른 아침, 잠에서 덜 깬 부스스한 내 모습을 가장 예쁘다고 말해 주는 사람.

아마도 그것이 사랑의 모습일 것이다. 남들 앞에서 보이는 꾸민 모습이 아닌 자연스러운 그 사람의 모습을 보고 싶은 마음. 오직 나만 볼 수 있는, 나에게만 보

여 주는 모습이 더 사랑스럽다. 멋있고 당당한 모습뿐
만 아니라 그 사람의 나약한 모습까지도 다 알고 감싸
주고 싶은 게 사랑이니까.

아, 이렇게 또 글이 길어지고 말았다.

✦

사랑받고 있다는 증거

1. 함께 있을 때 가장 자연스러운 내 모습이 나온다.

2. 나의 가장 약한 모습마저도 보듬어 준다.

3. 나를 바꾸려 하지 않고
   본연의 모습 그대로를 좋아해 준다.

4. 사랑받고 있다는 것을 느끼기에
   그 마음에 한 치의 의심도 들지 않는다.

5. 혼자 있을 때보다
   그 사람과 함께 있을 때의 내가 더 반짝인다.

6. 내가 더 좋은 사람이 된다.

그럼에도
불구하고

사랑은 '그럼에도 불구하고' 하는 것이다.

어떤 역경과 고난을 겪더라도 포기할 수 없는 것. 사랑하지 말아야 할 수만 가지의 이유가 있더라도 할 수밖에 없는 것. 상대의 단점마저 품게 만드는 것. 아무리 참으려 해도 참을 수 없어 저지를 수밖에 없는 것. 무엇보다 그 사람이 중요하기에 다른 모든 것을 포기하더라도 놓을 수 없는 것. 한 번 시작되면 멈출 수 없는 것. 가야만 하는 길이기에 갈 수밖에 없는 것.

그게 사랑이야.

사랑하면
서로
닮는다는데

　　사랑을 시작하면 닮아 가는 연인들이 있다.
시간이 지날수록 그림체가 비슷해지고 취향도 맞아
간다. 하지만 사랑한다고 해서 모든 연인이 다 그렇게
물들지는 않을 것이다. 사랑을 이어 가기 위한 노력이
서로를 비슷하게 만드는 것이겠지.

　　상대방이 무엇을 좋아할지 고민하고 그 사람을 관
찰하며 따라 한다. 모방은 창조의 어머니라고 했던가.
좋아하는 사람과 닮기 위해 새로운 내 모습을 창조해
내기도 한다.

　　좋아하는 사람을 닮고 싶어 하는 것은 자연스러운
본능이다. 그 사람의 모든 것을 함께하고 싶으니까. 그
래서 상대가 좋아하는 모습에 맞추기 위해 기꺼이 나
를 변화시키고 조각을 맞추어 나간다. 혹시라도 다칠까

당신이 아프지 않기를

봐 모난 곳은 깎아 내고, 상대가 들어올 수 있도록 자리를 비워 내며, 그렇게 마음 한구석에 상대를 담는다.

일방적인 변화라면 그저 모방에 지나지 않겠지만 함께 변하기에 비슷해진다. 생김새가 아닌 스타일, 삶을 대하는 자세, 바라보는 곳이 닮아 가고, 표정과 취향, 분위기가 닮아 간다. 그렇게 서로에게 비슷한 향기가 나며 자연스레 물들어 간다.

사람은 변하지 않는다지만 그것을 가능케 하는 것이 사랑이다. 사랑하는 사람을 닮아 가기 위해 했을 그 노력을 알기에 닮아 갈수록 상대를 더 사랑하게 되고, 상대를 사랑하면 할수록 더욱더 닮아 가는 선순환의 연속.

그러니 우리 계속 닮아 가자.

사랑은
유치할수록
아름답다

연인에게 전화가 와 "뭐 해?"라고 물으면 "네 생각."이라고 답하곤 했다. 플러팅이라기엔 유치하고 오래된 구식 멘트지만 그래도 듣는 이가 웃기에 종종 그렇게 대답했다.

물론 상대가 비슷한 말을 해도 말로는 유치하다고 하나 사실은 기뻤다. 거짓말일지언정 나를 위해 그렇게 말해 주는 그 마음이 예뻤다. 농담하지 말라고 타박하면서도 입꼬리가 귀에 걸리는 건 어쩔 수 없는 일이었다.

사랑하는 사이에 조금 유치하면 어떤가. 사회생활에서 자기만 재밌는 아재 개그처럼 실없는 말들을 남발하면 분위기를 망칠 수 있지만, 연인 간에는 조금 유치해져도 괜찮다. 아니, 한없이 유치할수록 더 좋다

당신이 아프지 않기를

고 생각한다.

어느 별이 빛나는 밤, 함께 누워 밤하늘을 바라보다가 불가능한 일인 줄 알면서도 "별 따다 줘."라고 한다거나, 그 말에 "몇 개나 따 줄까, 말만 해."라며 허풍을 떠는 일. 이런 말은 오직 사랑하는 사이에서만할 수 있는 말이기에 나는 이런 유치함을 사랑이라 여긴다.

그러니 우리 사랑 앞에서는 자존심 같은 거 세우지말자. 멋있고 예쁜 척만 하려 하지 말고 때로는 유치하게, 때로는 바보 같게, 그렇게 사랑하자. 사랑하는 사람의 웃음을 볼 수 있다면 조금 바보 같아져도 그 순간 나는 세상에서 가장 행복한 사람이 될 테니까.

설렘 끝,
사랑 시작

설렘이 끝난 후부터 진짜 사랑이 시작된다고 믿는다. 설렘이 사라진 자리에 떨어진 콩깍지가 씨앗이 되어 움트고, 굳건한 믿음이라는 나무로 자라나는 것.

예전처럼 두근거리지는 않더라도 그 자리엔 편안함이 깃든다. 함께 손잡고 걷고, 같은 밥을 먹고, 나란히 누워 잠자리에 드는 일. 그렇게 서로가 서로의 풍경 속에 자연스레 스며들게 된다.

사랑이란 언제나 믿을 수 있는 내 편이 생긴다는 것. 나의 보잘것없는 약한 모습마저도 내비칠 수 있는 사람이 존재한다는 것. 그리고 그게 당신이라는 것.

더 이상 설렘은 없다고 해도 우리의 사랑이 무럭무럭 자라고 있음에는 한 치의 의심도 없다.

당신이 아프지 않기를

우리
사랑을
할까요

　　우리 사랑을 할까요. 더 이상 버림받고 혼자
서 아파하는 그런 거 말고. 사무치는 그리움, 가슴 저
며 오는 외로움, 그런 거 말고.

　　사랑한다고 말하면 침묵으로 되돌아오는 게 아니
라 "나도."라는 대답이 돌아오는 그런 거. "보고 싶
어."라고 말하면 "지금 갈까?" 같은 대답이 되돌아
오는 거. "그럼 잘 지내." 같은 거 말고 "그럼 내일
봐." 같은 거.

　　"좋은 사람 만나." 같은 거 말고 "내가 좋은 사
람이 되어 줄게." 같은 거. "행복하길 바라." 같은
거 말고 "내가 행복하게 해 줄게." 같은 거.

　　그러니 우리 사랑을 합시다.

사랑의
어원

우리말로 사랑은 '생각할 사 思', '헤아릴 량 量'이 합쳐져 '사량 思量'이 되었다가 사랑이 되었다고 한다. 그러니까 사랑이란 누군가를 생각하고 헤아리는 마음이라는 것이다.

'Love'는 '기뻐하다'라는 뜻의 라틴어 '루브에레 Lubere'에서 유래되었고, '아모르 Amor'는 '죽음'이라는 뜻의 '모르테 Morte'의 반대말이다. 그러니까 사랑은 기쁜 것이고, 삶이라는 것 자체가 사랑이라는 뜻이다.

조금씩 다른 뜻을 가지고 있는 것 같지만 합쳐 보면 사랑의 본질에 보다 가까워진다. 누군가를 깊이 생각하며 기뻐하고 그로 인해 살아가는 것.

누군가가 나에게 가장 중요한 사람이 되고 그로써 행복을 느끼며 삶의 이유가 된다는 것. 그러니 사랑하면 기뻐야 하고 행복해야 한다.

사랑을 하면서 오히려 마음이 더 힘들고 슬퍼진다면 잘못된 것이다. 세상에는 70억 인구수만큼 다양한 사랑이 존재하기에 감히 재단할 수는 없지만, 그럼에도 사랑을 하면서 그로 인해 아프다면 어딘가 삐뚤어져 있을 가능성이 크다.

그러니 우리 행복하게 사랑하자. 행복하기 위해 살아가는 세상이고, 행복하고 싶어서 하는 사랑이니까.

하루의
시작과 끝을
함께하는 사람

"잘 잤어?", "잘 자, 좋은 꿈 꿔." 언제 들어도 참 기분 좋은 말. 하루의 시작과 끝을 함께하는 사람이 있다는 것이 얼마나 행복한 일인지. 아침에 일어나면 누가 먼저랄 것도 없이 잘 잤느냐는 안부 인사를 건네고, 하루의 끝에서는 잘 자라며 나의 꿈자리를 염려해 주는 사람.

사랑받아 본 사람은 알 것이다. 아침에 일어나 비몽사몽 휴대전화를 열었을 때 와 있는 잘 잤냐는 문자 한 통이 내 하루를 얼마나 설레게 하는지. 어느 잠 못 이루는 밤, 따뜻한 목소리로 나를 위로해 주는 사람이 있다는 게 얼마나 다행스러운 일인지.

표현은 서투르지만, 나도 그런 사랑을 당신에게 전하고 싶다. 서툴기만 한 나를 기다려 줘서 고맙다고.

당신이 아프지 않기를

내 곁에 있는 사람이 당신이라서 참 다행이라고. 당신
하루의 시작과 끝에 늘 내가 서 있겠다고.

세월의
벽을
허물어

언젠가 카페에서 커피를 마시다 본의 아니게 옆 테이블에 앉은 연인들이 싸우는 장면을 보게 됐다. 여자는 시종일관 남자를 몰아붙였고, 남자는 억울하다는 듯이 항변하고 있었다.

여자의 질책을 듣고 있던 남자는 지쳤는지 "아무리 봐도 우리는 안 맞는 것 같아. 사사건건 부딪치고 싸우기만 하잖아. 우리 그만하자." 라며 이별을 고했다.

나는 그 말을 듣고 당연히 여느 이별 이야기처럼 둘의 관계가 끝날 줄 알았는데, 남자의 이별 선언을 들은 여자는 오히려 차분해지며 "우리가 따로 살아온 세월이 20년이 넘어. 수십 년간 다르게 살아온 두 사람이 어떻게 딱 맞을 수 있겠어. 서로에게 맞추려고 노력하면서 사랑하는 거지." 라고 답했다.

당신이 아프지 않기를

그 후로 이 말은 내 신념 비슷한 것이 되었다. 맞는 말이다. 태어날 때부터 함께 살아온 가족끼리도 맞지 않는 부분이 있고 부딪치는 일이 생긴다. 하물며 수십 년간 다른 풍경에서 다른 것을 보며 살아온 두 사람이 같을 수는 없는 일이다.

이제는 누군가를 만나 나와 맞지 않는 부분을 발견하더라도 도망치거나 포기할 생각부터 하지 않고, 그 사람을 있는 그대로 받아들이려고 노력한다. 만난 지 오래지 않은 두 사람이 잘 맞는 게 오히려 이상하다. 맞는 부분보다 맞지 않는 부분이 더 많은 것은 당연한 일이다.

수십 년을 따로 살아온 두 사람이 만나 세월의 벽을 허물고 같은 결을 가지게 되려면 또 그만큼의 세월이 더 필요할 것이다. 그래서 우리는 손을 맞잡고 정답게 걷는 노부부를 보면 감상에 빠지는지도 모르겠다. 그동안 함께 결을 맞추기 위해 걸었던 그 걸음들이 얼마나 고단했을지 아니까.

서로 다른 두 사람이 서로에게 맞추어 가며 변화하고 닮아 가는 것. 그것이 사랑이 아닐까.

✦

성숙한 사람의 특징

1. 감정을 잘 조절한다.

2. 다른 사람의 감정에 깊이 공감한다.

3. 생각이 유연하다.

4. 남 탓하지 않는다.

5. 항상 겸손하다.

6. 자만하지 않는다.

7. 혼자 정신 승리하지 않는다.

8. 긍정적이고 쉽게 포기하지 않는다.

9. 책임을 회피하지 않는다.

10. 타인의 성공을 질투하지 않고 배울 점을 찾는다.

주름과
주름 사이

사랑하는 사람아, 우리 이렇게 사랑하자.

젊고 생기 넘치는 시절에 만난 우리가 나이 들어 주름지고 빛바래 가더라도, 우리 처음 사랑에 빠졌던 그 마음만은 그대로 간직하기를. 비록 육체는 주름졌을지라도, 마음만은 주름지지 않고 올곧은 마음으로 사랑하기를.

이마에, 눈가에 주름이 지며 함께한 세월이 드러나겠지만, 서로의 눈에는 처음 사랑에 빠졌던 앳된 시절의 아름다움 그대로를 간직하기를. 흘러가는 시간 속에서 서로의 손을 맞잡으며 손가락 마디마디의 주름마저 우리에게 꼭 맞는 모습으로 마모되어, 톱니바퀴처럼 맞물리는 그런 사랑이 되기를.

당신의 주름에 나의 주름을 맞추고, 나의 주름에 당신의 주름을 맞추며, 우리 그렇게 사랑하자.

사랑이라는
두 글자

사랑에 대해 적기 위해
 '사랑' 이라는 두 글자를 적고 나니
창밖에는 눈이 내리고 있었습니다.

저는 들고 있던 펜을 내려놓고
내리는 눈을 보며
당신을 떠올리곤 했는데

그러다 보면 깨닫는 것이
결국 이 모든 말들은
당신을 좋아한다는 말이었습니다.

당신이 아프지 않기를

우리가
사랑이라
부르는 것

　　누군가 내게 어디가 아프다고 하면 나는 이
렇게 묻는다. "어떻게 아프세요? 욱신욱신하세요? 시
큰시큰하세요? 저리지는 않으세요?" 같은 것들. 아픈
사람이 필요로 하는 건 "괜찮아? 약은 먹었어? 아파
서 어떡해…" 식의 공감일지 모르지만, 누군가 "나
우울해서 빵 샀어."라고 하면 "무슨 빵?"이라고 묻
는 나 같은 인간은 어디가, 어떻게, 왜 아픈지가 더 궁
금하다.

　　다만 질문할 때마다 머릿속에서 항상 따라오는 의
문이 있다. '저 사람의 시큰시큰과 내 시큰시큰은 같
은 시큰시큰일까?' 나는 다른 사람의 감정과 고통을
느껴 본 적이 없고, 다른 사람도 내 감정과 고통을 느
껴 본 적이 없다. 그럼에도 우리는 시큰시큰을 시큰시

큰이라 부르고, 욱신욱신을 욱신욱신이라 부른다.

마찬가지로 우리는 사랑을 사랑이라 부르고, 슬픔을 슬픔이라 부르고, 그리움을 그리움이라, 외로움을 외로움이라 부른다. 대체 누가 어떤 감정을 처음 사랑이라 불렀는지 알지도 못한 채 사랑을 사랑이라 읊게 됐다. 그 누구도 사랑이 무엇인지, 슬픔은, 그리움은, 외로움은 무엇인지 정확히 계량하거나 정의하지 않았지만, 그저 남들이 그리 부르니 나도 그리 부를 뿐이다. 그러다 보니 내가 사랑이라 부르는 것과 남들이 사랑이라 부르는 것이 같은지 다른지, 우리는 알려고 하지도 않고 알 방법도 없다.

그저 저 사람이 부르는 사랑과 내가 부르는 사랑이 같겠거니 하며 살아간다. 어쩌면 문제는 거기서부터 시작되는 것일지도 모른다. 각자 다른 것을 사랑이라, 슬픔이라 부르니 내 방식으로 건넨 위로는 상대의 마음에 닿지 못하고 땅바닥에 툭 떨어져 버리고 만다.

추상적인 언어로 아무리 열심히 설명한다고 해도, 나는 다른 사람의 생각과 감정을 온전히 알 도리가 없다. 그저 느껴 보려고 노력할 뿐이다. 그럼에도 불구하고 오롯이 전해지는 마음 같은 것들이 있을지도 모르지만, 그조차도 확인할 방법은 없다.

하지만 아무리 언어가 추상적이고 다른 사람의 감정을 정확히 알 수 없다고 하더라도, 내가 사랑이라 부르는 것과 당신이 사랑이라 부르는 것만은 같았으면 좋겠다.

귀여움이
세상을
구한다

　　지난해 4월, 푸바오가 중국으로 떠난다는
소식을 듣고 에버랜드에 다녀온 적이 있다. 오픈 시간
에 맞춰 부산에서 새벽 5시에 출발을 했고 도착해서
도 3시간을 기다렸지만, 바오 가족을 볼 수 있는 시간
은 단 5분이었다. 그마저도 적응 문제로 오전에는 쌍
둥이 자매만 나오고 푸바오는 오후에만 나왔기에 셋
을 다 보기 위해서는 두 번을 기다려야 했다.

　이 고생을 하면서까지 봐야 할 가치가 있을까 싶었
지만, 푸바오를 사랑하는 사람에게는 기꺼운 시간일
것이다. 그렇게 두 번에 걸쳐 6시간을 기다려 총 10분
을 보고 집에 돌아오니 자정이었다. 차비, 입장료, 식
비 등 비용도 많이 들었고 시간도 오래 걸렸지만 아깝
다는 생각은 들지 않았다.

당신이 아프지 않기를

그러다 문득 이런 생각이 떠올랐다. 세상에는 좁은 의미의 사랑도 있고 넓은 의미의 사랑도 있겠지만, 무언가가 이유 없이 귀여워 보인다면 그것은 필히 사랑일 것이라고.

사람들은 말한다. 귀여운 게 최고라고. 예쁘고 잘생긴 건 한순간이지만 귀여워 보이면 탈출구가 없다고. 한번 귀여워 보이기 시작하면 무얼 해도 귀엽고, 못난 모습조차도 귀엽다는 미명하에 이해된다.

하지만 귀여움보다 선행하는 것은 사랑일 것이다. 귀여워서 사랑하게 되는 것이 아니라, 사랑해서 귀여워 보이는 것이겠지. 사고뭉치 고양이도, 수염 난 사내도 사랑하면 귀여워 보인다.

사랑에 빠지면 콩깍지가 쓴다. 콩깍지라는 필터를 통해 바라본 대상은 무얼 해도 귀여울 수밖에 없다. 어떤 모습이든 귀여움으로 포장해 주는 것, 그것이 사랑이니까.

사랑한다는
말보다는

사랑한다는 말보다는 나를 바라보는 그 눈빛을 믿는다. 번지르르한 말보다는 나를 향해 걸어오는 그 발걸음을 믿는다. 말은 꾸며 낼 수 있지만, 절대 꾸며 낼 수 없는 것들이 있다.

나를 바라보는 그 눈빛에서 나를 아끼는 마음을 읽을 수 있고, 다른 일은 다 제쳐 두고 나에게 달려오는 그 발걸음에서 내가 무엇보다 우선이라는 것을 알 수 있다.

사랑은 표현하지 않으면 알 수 없다지만, 그 표현을 꼭 말로 할 필요는 없다. 때로는 눈빛으로, 때로는 목소리로, 때로는 행동으로, 그렇게 나는 너를 사랑하노라 전하면 된다.

서로에게
물들어

누군가를 사랑한다는 것은 그 사람뿐만 아니라, 그 사람으로 인해 생겨나는 무수한 고리들까지도 사랑하게 된다는 것이다.

상대방이 좋아하는 것들을 나도 좋아하게 된다. 그 사람이 듣는 노래를 함께 듣게 되면서 어느새 내 플레이리스트는 상대가 좋아하는 가수의 노래들로 가득 찬다.

생전 먹지 않던 떡볶이를 덩달아 자주 먹게 되고, 즐겨 보지 않던 멜로 영화를 보며 주인공에 우리를 대입해 보기도 한다.

내가 좋아하는 것이라 하더라도 상대가 싫어하면 나도 왠지 꺼리게 된다. 함께 좋은 시간을 보내고 싶고, 사랑하는 사람이 좋아하는 것만 하게 해 주고 싶기에.

그렇게 서로의 취향을 공유하며 자연스레 섞여 같은 색을 띠게 되는 것. 나의 빨강과 당신의 노랑이 섞여 주황이 되는 것. 그렇게 서로에게 물들어 가는 것.

당신이 아프지 않기를

하필

    '하필'이라는 말이 참 좋다. 어쩔 수 없는 불가항력적인 느낌이 들어서.

    많고 많은 사람 중 하필 당신을 만나서, 넓고 넓은 세상에서 하필 당신이 여기에 있어서, 어쩌다 보니 사랑에 빠졌는데 그게 또 하필 당신이었다고.

    다양한 우연이 겹치고 겹쳐 운명이 나를 당신께로 이끌었다고. 그러니 당신을 사랑하게 된 것은 내 잘못이 아니라고. 나도 어쩔 수 없었다고.

    이 수줍은 마음을 아닌 척, 모르는 척 당신에게 전할 수 있도록 해 주는 '하필'이라는 말이 참 좋다.

사랑은
검정

사랑은 무슨 색일까. 순백의 신부처럼 하얀 색일까, 우리의 심장처럼 빨간색일까, 봄날의 벚꽃처럼 핑크빛일까, 여름날의 녹음처럼 초록빛일까. 모든 것을 포용하는 바다처럼 파란색이려나. 그것도 아니면 당신처럼 신비로운 보라색일까.

감히 추측하건대 사랑은 검은색이 아닐까. 사랑하는 두 연인은 함께하는 동안 흰 도화지에 서로의 색을 칠해 간다. 그 속에는 달콤한 사랑도, 씁쓸한 이별도, 가슴 시린 그리움도, 몸서리칠 외로움도 있겠지만 결국 그 모든 색이 더해져 검은색이 된다.

짙으면 짙을수록 좋다. 그만큼 우리가 많은 시간을 함께한 것이겠지. 여러 가지 색을 덧대어 가며 이 세상에 함께 존재한 것이겠지.

당신이 아프지 않기를

그러니 우리 어느 색보다 검게 우리의 사랑을 칠해 가자. 그저 검을 뿐인 석탄에 압력이 더해지면 다이아 몬드가 되듯, 우리의 사랑도 쌓다 보면 언젠가 다이아 몬드처럼 반짝일 테니까.

이별의
이유

　이별의 이유는 단 하나뿐이다. 그만큼 사랑하지 않아서.

　모든 결과에는 원인이 있고 저마다의 사연이 있듯, 이별에도 이유가 있다. 각각의 이별에는 각각의 이유가 있겠지만 결국 모든 이유는 하나로 귀결된다. 그 이유를 감당할 만큼 사랑하지 않아서다.

　아무리 바쁘고, 피곤하고, 멀어도 만나고자 하면 어떻게든 만날 수 있지만 그럴 마음이 없으니 이별하는 것이다. 어떤 장애물이 있든 그보다 사랑하는 마음이 더 크면 헤어지지 않을 것이다.

　끝끝내 어떤 핑계를 대더라도 이 관계를 더 이상 유지할 마음이 없기에 이별하는 것뿐이다. 이별에는 여러 이유가 있겠지만 결국 다 그만큼 사랑하지 않기 때문이다.

당신이 아프지 않기를

함께하고 싶은
사람

예전에 나와 정반대의 사람을 만났던 적이 있다. 집에 있는 걸 좋아하는 나와 유명하고 예쁜 가게들을 찾아다니는 걸 좋아하는 사람. 항상 차분했던 나와 항상 열정적이고 불같았던 사람.

이렇게나 다른 우리는 하루가 멀다 하고 싸우곤 했다. 그 사람은 나의 차분함이 답답했을 것이고, 나에겐 그 사람의 열정이 가끔 벅차게 느껴졌다. 물론 서로 많이 좋아했기에 함께 있으면 행복했지만 그런 차이들이 점점 부담으로 다가오기 시작했고 결국 그렇게 이별하게 되었다.

누군가는 자신과 닮은 사람에게 끌리고 또 누군가는 자신과 반대 성향의 사람에게 매력을 느낀다고 한다. 비슷한 사람을 만나는 것과 다른 사람을 만나는 것 중 무엇이 더 좋은지는 수백 년간 이어져 온 희대의 난제일 것이다.

두 가지 다 장단점이 있을 것이다. 나와 닮은 사람을 만나면 서로의 마음을 더 잘 이해하기에 편안하고 안정적인 만남을 이어 나갈 수 있을 것이고, 나와 다른 사람을 만나면 여태까지 내가 모르고 살았던 다양한 분야들을 접하고 배워 나갈 수 있을 테니. 그리고 그 과정에서 새로운 취향을 발견할지도 모른다. 사실 내가 어떤 취향을 가지고 있는지는 체험해 보기 전까지는 알 수 없으니까.

사실 과학적으로 이 문제의 답은 이미 밝혀져 있다. 여러 연구에 따르면, 두 사람의 성향이 비슷할수록 더 만족스럽고 안정적인 만남을 이어 갈 수 있다고 한다. 겉으로 보기에 정반대인데 잘 만나고 있는 연인들도 잘 살펴보면 닮은 부분을 많이 찾을 수 있다는 것이다.

나도 그 사람과 다른 점에만 너무 집중하지 않고 비슷한 점을 찾기 위해 노력했다면 더 좋은 관계가 될 수 있었을까. 우리는 둘 다 운동을 좋아했으니 같이 체육관에서 데이트를 한다든지, 그 사람은 식단 조절

당신이 아프지 않기를

을 했고 나는 요리를 좋아했으니 내가 요리를 하면 그 사람은 맛있게 먹어 준다든지, 나는 산책을 좋아하고 그 사람은 반려견을 키웠으니 같이 강아지 산책을 한다든지.

앞으로 내가 만날 사람은 나와 비슷한 결을 가진 사람이었으면 좋겠다. 같은 상황에서 함께 행복을 느끼고, 함께 슬픔을 나누며 살아갈 수 있도록. 내가 옳다고 믿는 가치를 함께 지켜 나갈 수 있도록. 항상 같은 곳을 바라볼 수 있도록.

취향이 비슷한 사람이었으면 좋겠다. 같은 관심사를 공유할 수 있고, 좋아하는 노래가 생겼을 때 함께 감상에 빠질 수 있도록. 싫어하는 것도 비슷하여 한 명이 맞춰 주기 위해 희생하거나 억지로 배려할 필요가 없도록.

그런 사람과 함께라면 내가 좋아하는 것이 그 사람이 좋아하는 것이고, 내가 싫어하는 것이 그 사람이 싫어하는 것이니 부딪힐 일이 적을 것이다. 서로 소중히 여기는 것이 비슷하여 무엇을 하든 항상 함께할 수 있을 것이다.

그리고 조금 다른 면이 있더라도 비슷한 부분에 더 집중할 수 있는 내가 됐으면 좋겠다. 내가 그 사람을 좋아하게 된 데에는 분명 이유가 있을 테니까. 나와 다른 면모가 있는 사람이라도 잘 찾아보면 나와 닮은 점이 있을 테니까.

당신이 아프지 않기를

당신 하나
품을 수 있을 정도의
다정함만이라도

　　　　　태어나길 무정하게 태어난 사람이라 항상
다정한 사람들이 부러웠다. 꾸며 낸 다정이 아닌 그
다정함이 당연하다는 듯 몸에 배어 있는 사람들. 다정
한 말과 행동이 어색하지 않고 자연스러운 사람들.

　최근 연락이 뜸했던 지인에게 뜬금없이 전화해 갑
자기 네 생각이 났다며 인사를 건네고, 힘들어하는 이
를 한심하게 바라보며 비웃기보다는 위로의 말을 전하
고 안아 주는 사람들. 남의 행운을 질투하지 않고 진
심으로 함께 축하해 주는 그들의 다정이 부러웠다.

　나도 몇 번인가 그들의 다정을 따라 해 보았지만 맞
지 않는 옷을 입은 것처럼 어색하여 금방 관두기 일쑤
였다. 그럼에도 그런 시도들이 헛되지는 않았는지, 아
니면 세월이라는 바람에 내 마음의 모난 부분이 깎여

조금은 둥그레진 것인지, 이제는 한 사람에게 건네줄 정도의 다정은 가지게 된 것 같다.

아침에 일어나면 가장 먼저 당신에게 잘 잤냐는 메시지를 보내고, 산책길에 목소리가 듣고 싶었다며 전화를 걸어 나의 하루를 조잘거리고, 아플 땐 죽을 쒀 먹이고, 길을 걷다가 맛있는 게 보이면 같이 먹고 싶어서 샀다며 군것질을 하고, 팔이 저려 감각이 사라지더라도 굳이 팔베개를 하며 잠자리에 드는 일.

마음이 옹졸해 많은 사람을 품지는 못하지만, 나의 다정에 당신 하나만큼은 품을 수 있을 것 같다.

사랑을
추앙하는 삶

　　사랑이 전부인 삶을 추앙한다. 사랑이 아니
면 죽음이라는 말을 믿으니까. 사랑이 없는 삶은 아
무 의미가 없으니까. 꽃 피우지 못한 채 시들어 가는
줄기, 열매 맺지 못하고 죽어 가는 나무 같은 것. 고작
감정 하나 따위를 이르는 말이 아니라 그 자체로 삶의
의미가 되는 것. 그로 인해 내 삶에도 예쁜 꽃이 피고
달콤한 열매가 맺히게 되는 것. 그것이 바로 사랑이다.

　삶의 의미이자 존재의 이유인 사랑을 쉽사리 말로
꺼내고 싶지 않다. 말이란 입 밖에 내는 순간 더 이상
내 것이 아니게 된다. 추운 겨울날의 입김처럼 가벼이
증발해 버리기에 꼭꼭 숨겨 놓아야 한다. 가슴속 깊은
곳에서 숙성되고 진해져 몸 밖으로 조금씩만 새어 나
오도록, 그렇게 당신에게 서서히 스며들도록 숨겨 놓

아야 한다. 말하지 않아도 향기로, 몸짓으로 느낄 수 있도록.

이제야 나는 말 없이도 당신을 사랑하는 법을 알 것 같다. 당신이 싫어하는 것은 하지 않고 좋아하는 것들을 함께 만끽하는 것. 초록의 녹음, 굵게 내리는 시원한 빗방울, 푸른 하늘과 드넓은 바다 같은 것들.

몸이 조금 피곤하더라도 잠시 밖으로 나가 두 손을 꼭 잡고 가볍게 동네 한 바퀴를 돌거나, 제철 해산물을 사서 요리해 먹거나, 무더운 여름날에는 그늘진 벤치에 앉아 아이스크림을 먹거나 하는 것들.

밤길이 어두울 땐 마중 나가고, 비가 오는 날엔 우산을 챙겨 주며, 밥은 먹었는지, 허기지지는 않은지, 아픈 곳은 없는지 물어보는 그런 것들. 특별하지는 않더라도 내가 계속 당신을 신경 쓰고 있다는 것을 은연중에 내비치는 것.

하나하나 별것 아닌 일인 데다 당신을 사랑하는 나의 마음을 표현하기에는 한참 못 미치지만 그런 사소한 것들을 조금씩 쌓아 가는 것. 삶이 힘든 날이면 그

당신이 아프지 않기를

렇게 쌓인 것들을 다시 꺼내어 되새기며 함께 기억하고, 앞으로 더 많은 추억을 쌓자며 약속하는 것.

한 톨 한 톨 흩뿌려져 있을 때는 아무것도 할 수 없는 모래 알갱이들이 쌓이면 제방이 되고 성벽이 되어 고난이 찾아오더라도 막아 낼 힘이 되어 주는 것처럼, 함께 추억을 쌓고 그렇게 쌓인 추억 속에서 하나가 되는 것.

그것이 말없이도 누군가를 사랑하는 방법이다.

당	신	을		
신	아	껴		
	주	기	를	
바	라	는		
	마	음	에	

몸은 아프면 금세 티가 나지만

마음은 그렇지 않다.

곪을 대로 곪아

터지기 전에는 티가 나지 않는다.

그러므로 더 이상

손 쓸 도리 없이 망가지기 전에

자주 들여다보아야 한다.

마음이 보내는 신호를 무시하지 말자.

그 신호를 알아채고

나를 달래 줄 수 있는 사람은

오직 나뿐이니까.

나를
빛내 주는
사람

　　나는 애정 결핍이 있다. 아무래도 어릴 적부
터 부모님 두 분 다 일을 하셔서 혼자 있는 시간이 길
어지다 보니 생긴 게 아닌가 싶다. 부모님이 누구보다
나를 사랑하신다는 건 잘 알지만, 사랑한다는 걸 아
는 것과 실제로 사랑받는 것은 다른 일이다.

　　그렇게 사랑이 부족한 상태로 자라면 점점 사랑을
갈구하게 된다. 나만 해도 모든 사람에게 사랑받고 싶
었고 모두가 나를 좋아하길 바랐으니까. 다른 사람들
에게 잘 보이고 싶어 전전긍긍했고, 혹여 나를 좋아하
지 않는 티가 나면 혼자 상처받고 아파하기도 했다.

　　사실 내가 누구보다도 사랑을 갈구해야 했던 대상
은 나 자신이었다. 물건이든 영화든, 내가 정말 좋아하
고 실제로도 좋은 것이어야만 자신 있게 추천할 수 있

다. 내가 나를 사랑하지 않으면서 남들에게 "이거 정말 좋아요. 한번 사랑해 보세요."라고 말해 봐야 아무런 소용이 없다.

내가 나를 사랑하고, 가꾸고, 아껴 주어야만 다른 사람들도 나를 사랑할 수 있다. 아무리 겉모습을 화려하게 치장한다 해도 내가 나를 함부로 대하면 남들도 나를 소중히 여겨 주지 않을 테니까.

사람이 열 명 있으면 내가 무슨 짓을 해도 그중에 두 명은 나를 좋아하고, 일곱 명은 나에게 관심이 없고, 한 명은 나를 싫어한다고 한다. 누가 나를 좋아하고 싫어하고는 내가 선택할 수 있는 부분이 아니었다. 하지만 내가 누구를 좋아할지는 선택할 수 있었다. 그러니 누구보다 나를 사랑하고 아껴 주어야 하는 건 바로 나였다. 부모님이 바쁘고, 내가 애정 결핍이 있다는 건 사실 그리 중요한 게 아니었다.

사랑받고 자란 것들은 티가 난다. 사람도, 동물도, 이름 없는 풀 한 포기도, 주인 없는 길고양이까지도. 그래서 모두가 사랑받고 싶어 하는 걸지도 모르겠다. 사랑받는 것들은 빛이 나니까. 흠집이라도 날세라 애지중지하고, 조금만 먼지가 쌓여도 입김을 호호 불어 가며 닦아 주니까.

그러니 그 무엇보다도 자기 자신을 사랑했으면 좋겠다. 남에게 사랑받기 위해 애쓰기보다는 나 자신에게 조금 더 마음을 내어 주고, 남에게 버림받을까 봐 조바심 내기보다는 그 관심을 자신에게로 돌려야 한다.

누구보다 나를 사랑해 줄 수 있는 사람은 나이고, 누구보다 나를 빛내 줄 수 있는 사람도 나니까. 내가 나를 사랑할 때 나는 누구보다 빛날 것이고, 남들도 빛나는 나를 보며 나를 더 사랑하게 될 테니까.

당신을 아껴 주기를

한 편의
시처럼

가끔은 아무 말이나 적어 놓고 그것을 시라고 우기고 싶을 때가 있다. 적은 이가 시라고 한다면 누가 감히 아니라고 할 수 있을까.

아무 말이나 끄적여 둔 종이에는 시가 되지 못한 글이 있다. 시가 되지 못한 마음이 있다. 그리고 시가 되지 못한 내가 있다.

한 편의 시처럼 살고 싶었다. 시처럼 아름답지는 않더라도 추하지 않은 모습으로. 그리 길지는 않더라도 나의 몸짓 하나하나가 함축된 의미를 가지는 삶. 다른 이의 상처를 보듬어 주지는 못하더라도 상처를 주지는 않으며 살고 싶었다.

한 편의 시처럼 반짝이고 싶었다. 잔물결에 비친 햇빛처럼 빛나지는 않더라도 어두운 밤길을 헤매지 않도록 은은하게 비춰 주는 달빛 같은 사람. 시처럼 세상 곳곳을 방랑하며 사람들의 마음을 어루만지지는 못하더라도 내 손이 닿는 곳이라도 매만질 수 있는 사람이고 싶었다.

한 편의 시를 쓰고 싶었다. 여느 시처럼 입안을 굴러다니는 맑은 구슬처럼 예쁜 시는 아니더라도 어느 한 사람에게만큼은 진심을 담은 시를. 명필처럼 멋진 글씨를 휘갈기지는 못하더라도 삐뚤삐뚤한 글씨로 진심을 꾹꾹 눌러 담은 예쁜 마음을 쓰고 싶었다.

사실은 나도 한 편의 시처럼 아름답고 싶었다.

노력이 나를
배신한다고 해도

고등학교 3학년 때 얼떨결에 부반장을 맡게 된 적이 있었다. 학창 시절을 통틀어 학급 위원이 된 것은 그때가 처음이자 마지막이었는데, 사실 그것도 내 의지로 된 것은 아니었다.

반장, 부반장 선거에 후보로 나온 사람은 나를 포함해 세 명뿐이었고, 그마저도 다른 두 친구는 본인의 의지로 출마했지만 나는 당시 짝꿍의 장난으로 후보가 되었다.

후보 사퇴를 하고 싶었으나 필요한 인원이 세 명이었던지라 내 사퇴 의사는 선생님에 의해 묵살되었고, 그렇게 선거 유세가 시작되었다. 나는 그전까지 반장이나 부반장 같은 것을 해 본 적도 없었고 그런 감투에 욕심이 없는 아이로 보이고 싶어서 "저는 딱히 하고 싶은 생각이 없으니 다른 친구를 뽑아 주면 좋겠습니다." 라고 했다. 결국 나는 그렇게 3등으로 부반장이 되었다.

그런데 사실 나도 한 번쯤은 반장을 해 보고 싶었다. 내가 반장이 되고 싶지 않다고 한 이유는 열심히 유세를 하고 떨어지면 부끄러울 것 같았기 때문이다. 다른 친구들의 눈에 나는 반장이 되지 못한 것이 아닌 자의로 하지 않은 사람으로 보이기를 바랐다. 그런 것에 연연하지 않는 사람으로 비치기를 바랐다. 그래서 도망쳤던 것이다. 도전도 한 번 해 보지 않고.

무언가를 열심히 한다는 것이 두려울 때가 있다. 분명 열심히 했는데도 그만한 성과를 내지 못하면 어떡하나 걱정되고, 그로 인해 나의 무능이 드러날까 봐 두려울 때가. 내가 선거도 하기 전에 먼저 포기한 것처럼 아무 노력도 하지 않고 진작 포기했으면 애초에 관심 없었던 척하며 당연하게 여길 수 있었을 텐데, 노력해도 이루지 못할 것이 두려워 시도조차 해 보지 않고 도망쳐 버리곤 했다.

우스갯소리로 노력은 나를 배신할 수도 있지만, 게

으름은 배신하지 않는다고 한다. 어찌 보면 맞는 말이다. 최선을 다하지 않았기에 실망할 일도 없고, 나의 무능이 세상에 드러날 일도 없다.

하지만 내 삶에도 아무런 변화가 없을 것이다. 그런 내 앞에 남겨진 것은 그저 어제와 같은 내일뿐이겠지. 가끔 노력에 배신당해도 괜찮다. 내가 할 수 있는 것은 그럼에도 불구하고 계속해서 시도하는 것뿐이다. 그저 나아가면 된다. 가 보지 않은 길에 대한 아쉬움을 안고 사는 것보다는 시도라도 해 보는 편이 실패하더라도 속은 후련할 것이다.

더 이상 원하는 것을 앞에 두고 도망치고 싶지 않다.

내 잘못이
아닌데
뭐가 부끄러워

나에 대해 쓰기 위해 '나는 부끄럽지만 ADHD가 있는데…' 라고 적었다가 이내 지워 버렸다. 다시 생각해 보니 부끄럽지가 않아서.

나는 많은 흠을 가지고 있다. 닭살 피부라 불리는 모공 각화증부터 시작해 우울증, 불면증, ADHD, 비염, 목 디스크 등등. 이 중 몇 가지는 잘못된 생활 습관으로 인해 생긴 것이므로 내 책임이 맞지만, ADHD는 내 잘못이 아니었다. 그냥 그렇게 태어난 것이었다. 그러니 나는 부끄러울 것이 없었다.

세상에 완벽한 사람은 없으며 모두들 몇 가지씩은 남모를 약점들을 안고 살아간다. 나에게는 ADHD이겠지만, 누군가에게는 우울증일 수도, 가정환경일 수도, 외모나 콤플렉스를 유발하는 다른 어떤 것일 수도

당신을 아껴 주기를

있을 것이다. 그런 것들 때문에 상처받거나 부끄러워하지 않았으면 좋겠다. 그중 일부는 당신의 책임일 수도 있으나, 대부분은 당신의 잘못이 아닐 것이다.

단지 약한 부분이 있는 것뿐이다. 내 잘못으로 인해 갖게 된 흠이라면 고치기 위해 노력하면 된다. 하지만 내 잘못으로 인한 것이 아니라 그저 주어진 것이라면 부끄러워하지 않아도 된다. 그것은 당신의 잘못이 아니니까.

당신이 보기에는 누구보다 잘 살고 있는 것처럼 보이는 그 사람도 자신만의 아픔이 있고 흠이 있다. 다만 잘 드러나지 않을 뿐이다.

모두가 자신만의 아픔을 하나쯤은 품고 살아가지만, 그 아픔들은 결코 비난받아 마땅한 것이 아니며 당신도 그들을 나약하다고 탓하지 않을 것이다. 그러므로 당신의 아픔 또한 비난받거나 부끄러워할 일이 아니다.

자신의 탓이 아닌 문제로 힘들어하는 사람을 만나면 그저 꼭 한번 안아 주고 싶다. 괜찮다고. 당신 잘못이 아니라고. 그러니 자책하거나 부끄러워하지 말라고.

물론 쉽지만은 않겠지만 나도 그렇게 살고자 노력하고 있다고. 그러니 우리 같이 당차게 살아가자고.

마음의
신호

최근 들어 컨디션이 좋지 않았다. 입안에는 커다란 구내염이 생겼고, 감기에 비염에 만성 피로까지 말썽을 부린다. 예전에는 구내염이 생겨도 알보칠 같은 걸 한두 번만 바르면 금방 괜찮아졌는데 이번 구내염은 왜 이리도 크고 오래가는지 일주일 넘게 나를 괴롭히고 있다.

운동을 안 하는 것도 아닌데 알게 모르게 스트레스를 많이 받았나 보다. 가끔은 좋아서 시작한 것들이 부담으로 느껴지기도 한다. 건강해지고 싶어서 시작한 운동이 '오늘도 엄청 힘들겠지?' 라는 생각에 가기 싫어지기도 하고, 좋아서 시작한 글쓰기가 어느 순간부터 하루의 숙제처럼 느껴지기도 한다.

그래도 건강이 나빠지고 있음을 이렇게라도 알 수 있어 다행이다. 요즘 몸이 좋지 않은 이유가 스트레스와 피로가 쌓여서인 것 같아 며칠 동안 운동도 쉬고 약속도 줄였다. 몸이 아플 땐 이렇게 티가 나는데, 마음이 아픈 건 어떻게 알 수 있을까.

마음이 아픈 건 겉으로 잘 드러나지 않아 쉽게 알아채기 어렵다. 하지만 마음도 너무 아프면 가끔 티를 내곤 한다. 살다 보면 갑자기 마음에서 무언가 뚝 끊어지는 것 같을 때가 있고, 이유 없이 눈물이 툭 떨어질 때가 있다. 그 마음을, 그 눈물을 무시하지 말자.

나도 모르게 젖어 있던 슬픈 마음이 이제야 흘러나오는 것일지도 모른다. 그간 내 안에 차곡차곡 쌓아온 아픔이 더 이상 담길 곳이 없어 범람하는 것일지도 모른다. 아픔이 너무 오래되어 아픈지도 몰랐던 마음이 살려 달라고 보내는 신호일지도 모른다.

몸은 아프면 금세 티가 나지만 마음은 그렇지 않다. 곪을 대로 곪아 터지기 전에는 티가 나지 않는다. 그러므로 더 이상 손 쓸 도리 없이 망가지기 전에 자주 들여다보아야 한다.

마음이 보내는 신호를 무시하지 말자. 그 신호를 알아채고 나를 달래 줄 수 있는 사람은 오직 나뿐이니까.

✦

건강이 무너질 때 나타나는 증상

1. 전에 없던 강력한 두통이 반복적으로 발생한다.

2. 정신이 맑지 않고 마치 뿌연 안개가 낀 것 같다.

3. 잠을 아무리 자도 피로하다.

4. 급격한 체중 증가나 체중 감소가 있다.

5. 피부가 건조해지거나 두드러기 같은 증상이 나타난다.

6. 밤에 잠들기가 어렵고 자주 깬다.

7. 조금만 움직여도 숨이 찬다.

8. 특별한 이유 없이 관절이나 근육이 자주 아프다.

9. 탈모가 오거나 손톱이 잘 깨진다.

10. 계속 불안하거나 우울하고, 집중력이 저하된다.

위와 같은 증상이 있다면 나를 돌보아야 할 때입니다.

나를
슬프게 하는 것

　　나이를 먹어 갈수록 겁쟁이가 된다. 차곡차곡 쌓여 가는 나이만큼 그동안 겪어 온 수많은 감정이 마음속에 쌓여 점점 더 무겁게 느껴진다. 솔직해지는 방법을 아무도 가르쳐 주지 않아서일까, 가진 게 많아져서일까, 아니면 지킬 게 많아져서일까.

　　나이가 들면 노력하지 않아도 얻게 되는 것들이 있다. 주름, 소화 불량, 욕심 같은 것들. 그저 흐르는 대로 살았을 뿐인데 학교에서는 고학년, 직장에서는 고참이 된다. 나는 예전의 나와 별로 달라진 게 없는 것 같은데, 어려운 일이 생기면 사람들은 나를 보며 어떻게든 해 주길 기대한다.

　　부유하지는 않더라도 점점 가진 것이 많아진다. 빚, 차, 사회적 지위, 체면 같은 것들. 그것들을 지키기 위해 점차 주위의 눈치를 보게 되고 결국 더 솔직해지지 못하게 된다. 그렇게 조금씩 가면 뒤에 숨어 버린다.

가면 뒤에 숨어 눈물을 흘리면서도 솔직한 마음은 표현하지 못한 채 살아간다.

다들 그렇게 산다는데, 나는 그게 너무 슬펐다.

당신을 아껴 주기를

나를 위한
선물
하나쯤

사는 게 참 별것 없다. 항상 행복할 수는 없으나 힘들 때 나에게 줄 수 있는 선물 하나쯤은 가지고 있으면 좋겠다.

몸이 고된 날에 사랑하는 사람과 꼭 껴안은 채로 아무것도 하지 않고 누워 있기, 오징어회 먹기, 좋아하는 영화 보기, 평소에는 잘 먹지 않는 배달 음식 주문해 먹기 같은 것들.

멀리 바다를 보러 가거나 비행기를 타고 여행을 가기엔 너무 힘드니까 그저 거창하지 않은 것들. 손만 뻗으면 닿을 수 있는 거리에 있지만 너무 사소해서 '다음에 하지, 뭐.' 하며 미뤄 두었던 것들.

그런 나를 위한 선물 하나쯤은 있어야 이 힘든 세상을 살아갈 수 있지 않을까.

무용이라는
이름으로

어느 드라마 속 주인공의 말처럼 아름답고 무용한 것들을 좋아한다. 달, 별, 꽃, 바람, 웃음, 농담, 그런 것들. 예쁘기만 하고 무용한 것들은 결국에는 버려진다는데, 그럼에도 무용한 것들에게 마음이 가는 것은 나 역시도 무용하기 때문일까.

무용하다고 하지만 정말 무용하기만 한 것들이 어디 있을까. 한 철 지고 피는 꽃을 보며 위로를 얻기도 하고 낭만에 젖기도 하는데. 외로운 밤이면 달을 보며 그리운 이를 떠올리기도 하고, 빗소리에 숨어 흐느끼기도 하고, 빗물인 양 펑펑 눈물을 쏟기도 하는데.

사람에게 진정 필요한 것은 어쩌면 무용한 것일지도 모른다. 무용이라는 이름 뒤에 숨어 내가 가진 것 중 조그마한 것들을 내어 주며 살다가, 언젠가 정말

당신을 아껴 주기를

쓸모없어지더라도 '나는 원래 무용한 사람이니까.'라고 마음을 속이면 덜 슬플 것 같다.

이처럼 무용이라는 이름은 가끔 방패가 되어 주기도 한다. 약한 마음을 숨기기에 이보다 더 적합한 곳은 없다. 살다가 무서워지면 무용이라는 이름 뒤에 숨기도 하고, 나는 원래 무용하다는 변명으로 도망치기도 하면서.

무용. 쓸모가 없다는 뜻일까, 용기가 없다는 뜻일까. 둘 다이려나. 무용한 나는 쓸모가 없는 사람일까, 용기가 없는 사람일까. 둘 다이려나. 한때는 세상에 꼭 필요한 사람이 되고 싶다고 생각한 적도 있었지만 지금은 그저 무용하고 무해하게 살고 싶다.

누군가에게 그리 쓸모 있는 사람은 아니더라도 누군가에게 피해 끼치지는 않는 사람. 난 자리도 든 자리도 딱히 차이 나지는 않지만 있어도 괜찮은 사람. 누가 찾지 않더라도 버리지도 않아서 항상 그 자리에 있는 사람. 그저 흐르면 흐르는 대로 두는 사람. 바람이 불면 흔들리고 비가 오면 젖는 그런 사람. 특별히 굳은 의지로 살아 내는 것은 아니지만 그래도 때가 되

면 피고 지는, 그리고 또다시 피어나는 그런 무용한 꽃
같은 사람.

덜어 내는
연습

사람은 두 종류로 나눌 수 있다. 자기 자신에게는 엄격하고 남에게는 한없이 너그러운 사람, 그리고 자기 자신에게는 한없이 너그럽고 남에게는 엄격한 사람. 전자의 경우 마음이 여린 사람이 많다.

마음이 여리고 자신에게 엄격하다 보니 조그마한 실수에도 괴로워하고 고민하게 된다. 사실 대부분은 별일이 아니고 괜찮다는 것을 머리로는 알지만 마음은 괜찮지 못하다. 남들이 아무리 괜찮다고 말해 주고 수많은 위로의 말을 건네도 혼자서 꽁꽁 싸매고 아파하니 모든 위로가 마음에 닿지 못하고 추락하고 만다.

사실 나도 그런 타입이라 누군가 힘들어할 때 "괜찮아, 잘될 거야, 힘들면 쉬어도 돼, 슬퍼해도 돼, 아파해도 돼." 같은 말들을 입버릇처럼 하곤 하는데, 정작 나에게는 잘 적용하지 못한다. 머리로 아는 것과 마음으로 느끼는 것은 또 다른 일이다.

'중이 제 머리를 못 깎는다지만, 능숙한 중은 제 머리도 잘 깎지 않을까.' 하는 쓸데없는 생각도 해 보지만, 나는 아직 그 정도로 능숙한 사람이 되지 못하는지라 감정을 발산하기보다는 누르는 것에 더 익숙하다.

그간 힘들게 사는 게 버릇이 되었는지 몸이 편하면 마음이 힘들고, 마음이 편하면 몸이 힘들다. 자신에게 조금 더 너그러워도 괜찮다는 사실을 나도 알고 있지만 잘되지는 않는다.

행복에도 연습이 필요하다면 내려놓는 데에도 연습이 필요할 것이다. 글을 쓸 때도, 삶을 살아갈 때도 채워 넣는 것보다 비워 내는 것이 더 중요할 때가 많으니까.

무언가를 가져서 행복했던 날보다는 무언가를 놓지 못해 불행했던 날이 더 많았다. 행복은 물질이 아닌 감정이기에 욕심은 덜어 내고 좋은 감정들을 많이 쌓아야 한다는 걸 알지만, 그놈의 욕심을 내려놓는 것이 참 쉽지 않다.

결국 중요한 것은 계속해서 무언가를 더하고 채워 넣는 것이 아니라 나쁜 것들을 덜어 내는 것이었다. 그러니 모든 것을 쥐고 살아가려 하기보다는 지금 나를 불행하게 하는 것들은 손에서 내려놓고, 나와 맞지 않는 것들에 너무 욕심부리지 말자.

애초에 내 것이었던 것은 아무것도 없었으니까.

✦

당신이 많이 지쳐 있다는 증거

1. 멍하니 있는 시간이 점점 늘어난다.

2. 자기 전 침대에 누워 휴대전화를 보는 시간이 길어진다.

3. 일찍 잠들면 손해 보는 기분이 들어
   늦은 시간까지 졸음을 참는다.

4. 어딘가로 훌쩍 떠나고 싶다는 생각을 자주 한다.

5. 외롭지만 그렇다고 누군가를 만나기는 귀찮다.

6. 뭘 해도 그다지 즐겁지 않다.

7. 특별히 하고 싶은 게 없거나, 있어도 막상 하려니 귀찮다.

8. 할 일을 나중으로 미루고 쓸데없는 짓에만 집중한다.

뭐
어쩌라고….

예전에는 누가 내 험담을 하고 다닌 것을 알
게 되면 그 생각이 오랫동안 머릿속에서 떠나질 않아
괴로웠는데, 이제는 한편으로 '그런데 뭐 어쩌라고?'
라는 생각이 든다. 세월이 지나면서 마음이 조금은 단
단해진 것인지, 그간 받은 상처들이 흉터로 남아 웬만
해선 아프지 않은 것인지는 모르겠으나 어쨌든 예전
만큼 그 충격이 오래가지 않는다.

　살면서 알게 된 것 중 하나는 사람들은 남 일에 관
심이 참 많아 보이지만 또 생각보다 관심이 없다는 것
이다. 가십거리가 생기면 신이 나서 달려들지만, 물고
뜯고 나서 단물이 빠지고 흥미가 떨어지면 마치 아무
일도 없었던 것처럼 그 사건은 잊혀 버린다.

그래서 이제는 혹여 나를 미워하더라도 크게 신경 쓰지 않고 무시해 버린다. 예전에는 누군가 나를 미워 하면 나도 함께 미워했었는데, 이제는 나를 미워하는 사람에게 쓰게 될 내 마음이 아까워서 그런 감정도 느 끼지 않는다.

누군가를 미워하는 마음에는 가시가 있어 결국 자 신을 찌른다. 미워하는 마음은 미움의 대상에게 전해 지는 것이 아니라 미워하고 있는 자신의 마음을 괴롭 힌다.

그래서 이제는 누군가 나를 미워하거나 내 험담을 한다고 해도 할 수 있는 해명만 하고 그 뒤는 다른 이 들에게 맡긴다.

어차피 사람은 보고 싶은 것만 보고 믿고 싶은 것만 믿기에 내 말을 믿고 싶은 사람이라면 내 말을 믿을 것 이고, 그 사람의 말을 믿고 싶은 사람은 내가 아무리 해명을 하더라도 결국 그 사람의 말을 믿을 것이다.

그러니 누군가 나를 험담하거나 미워해도 너무 신 경 쓰지 않았으면 좋겠다. 누군가를 미워해서 마음이

당신을 아껴 주기를

괴로운 것은 미움받는 사람이 아니라 미워하는 사람일 테니. 그 미움을 내가 가질 필요 없이 '뭐 어쩌라고?' 하는 마음으로 상대에게 다시 넘겨 버리자.

**싸움에도
요령이
필요하다**

　　나는 화를 잘 내지 않는 편이라 몇몇 후배
는 그런 나를 엄마라고 부르곤 했다. 그러다 보니 가끔
주위 친구들이 묻곤 한다. 넌 화가 나지 않냐고. 사실
나도 화가 난다. 마음속으론 항상 불타고 있으니 어쩌
면 다른 사람보다 오히려 화가 많을지도 모르겠다. 하
지만 겉으로 표출하지 않을 뿐이다.

　　무언가 일이 잘못됐을 때 화를 낸다고 하더라도 이
미 벌어진 일이 없던 일이 되진 않는다. 그러니 화를
낼 시간에 문제를 수습하는 편이 낫다. 만약 아직 일어
나지 않은 일이라면 화를 낼 시간에 그 일이 일어나지
않도록 미리 대비하는 것이 낫다는 게 내 지론이다.

　　이처럼 내가 화를 잘 내지 않는 이유는 내가 성인
군자라거나 마음이 넓어서가 아니라, 그러는 편이 더

효율적이고 합리적이기 때문이다. 화를 내더라도 우선 문제를 해결한 뒤에 내는 편이 더 낫다.

성숙함을 알 수 있는 방법 중 하나는 화가 날 때 그 화를 어떻게 처리하는지 보는 것이다. 사람의 방어 기제는 성숙한 방어 기제와 미성숙한 방어 기제로 나눌 수 있는데, 성숙한 방어 기제 중 하나는 '수용'이다. 현 상황을 직시하고 받아들이는 것. 이미 일어난 일은 있는 그대로 받아들여야 한다.

그러니 가끔 화가 나더라도 그 화를 너무 길게 가져가지 않았으면 좋겠다. 살면서 어떻게 항상 좋을 수만 있을까. 살다 보면 간혹 다투기도 하고 실수를 저지르기도 한다. 그런 일이 있을 때마다 상대방의 잘잘못을 따지기보다는 자신을 먼저 돌아볼 수 있는 사람이 좋다.

순간의 감정에 얽매이지 않고 앞으로의 우리를 먼저 생각할 수 있는 사람. 내가 화해의 손길을 내밀 때 주저하지 않고 그 손을 잡아 줄 수 있는 사람. 명백히 자신이 잘못한 일이라면 자존심 세우지 않고 먼저 사과하며 손 내미는 사람. 이런 당연한 일들을 당연하게 하지 못하는 사람이 너무나 많다.

싸움은 되도록 하지 않는 것이 좋지만, 살다 보면 어쩔 수 없이 다툼이 일어나고 갈등이 생기기 마련이다. 그래서 싸움에도 요령이 필요하다. 단순한 화풀이를 위한 싸움은 서로에게 아무런 도움이 되지 않고 갈등의 골만 깊어질 뿐이다. 갈등도 잘만 이용하면 더 좋은 관계로 나아가는 발판이 될 수 있다.

그러기 위해서 가장 기본이 되는 것은 '대화'일 테다. 왜 기분이 나빴는지, 내가 어떻게 해 줬으면 좋겠는지, 앞으로 어떤 노력을 할 것인지, 이런 것들에 대해 서로 깊이 생각해 볼 수 있는 계기가 된다.

아무리 화가 나더라도 소리를 지르거나 감정에 지배당하지 말자. 대부분의 싸움은 모르는 사람이 아니라 주변 사람들과 벌어진다. 가까운 사람일수록 마주칠 일이 많고 그만큼 부딪힐 일도 더 많으니까.

그러니 절대 잊지 말자. 지금 내 앞에 있는 상대는 나의 원수나 적이 아닌 내가 가장 사랑하는 사람일지도 모른다는 것을.

당신을 아껴 주기를

솔직함을 위한
기도

솔직함이라는 핑계 뒤에 숨어 무례를 저지르는 이들이 있다. 솔직하다는 말이 무슨 면죄부라도 되는 양 남에게 상처가 되는 말을 당당하게 내뱉는 사람들. 하지만 솔직함과 무례함은 엄연히 다른 것이다.

예전에는 자칭 솔직하다고 말하는 사람들을 좋아했다. 고구마가 넘치는 세상에서 시원하게 팩폭을 날리거나 사이다를 주는 사람을 보면 나도 함께 속이 시원해지곤 했으니까. 하지만 사람은 왜 "잘한다, 잘한다." 하고 박수를 치면 도를 넘는 것일까. 시간이 지나고 그런 모습을 억지로 따라 하는 수많은 아류가 탄생하면서 어느새 무례함이 솔직함으로 둔갑하게 되었다.

그래서 이제는 첫 만남에 "나는 엄청 솔직한 사람이라 말을 돌려서 할 줄 몰라.", "내가 원래 성격이 좀 세.", "나 엄청 쿨해." 같은 말을 하는 사람을 만나면 지레 겁을 먹고 피하게 된다. 그런 말을 하는 모든 사람이 무례한 것은 아니지만 모든 무례한 사람은 그런 말을 했으니까.

모든 사실을 있는 그대로 말한다고 해서 솔직한 것은 아니다. 거기에 상대에 대한 배려와 예의가 더해져야 솔직함이 되는 것이다. 상대에 대한 존중 없이 내뱉는 말은 무례일 뿐이다.

같은 말이라도 누가, 언제, 어떻게 하느냐에 따라 다르게 받아들여진다. 그리고 꼭 사실이라 하더라도 모두 다 말할 필요는 없다. 거짓말을 하라는 것이 아니라 때로는 말하지 않는 것이 더 나을 때도 있고, 때와 장소를 가려서 말해야 할 때도 있다.

누군가 내게 음식을 해 줬을 때, 설령 맛이 없더라도 "솔직하게 말해서 별로 맛이 없어." 라고 말하기보다는 "네가 나를 위해 음식을 만들어 줘서 참 기뻐." 라고 말할 수 있는 내가 되고 싶다.

언제나 솔직하지만 무례하지 않은 내가 되기를. 말

하기 전에 한 번 더 생각하고 상대방이 기분 나빠할 말은 농담으로라도 하지 않기를. 누군가에게 좋은 일이 생기면 시기나 질투는 빼고 진심으로 축하할 수 있기를. 무심코 내뱉은 말에 누군가 상처받는 일이 없기를.

그렇게 솔직해지기를 바란다.

중요한 것은
계속해서
나아간다는 것

살면서 가끔 방향을 잃을 때가 있다. 내가 가고 있는 길이 맞는지, 되돌아가야 하는 건 아닌지, 잘못 든 길이라면 지금까지 쏟은 노력이 전부 헛고생 한 게 되는지 알 수 없어질 때.

그런 고민이 들 때는 잠시 멈춰서 뒤를 돌아봐도 괜찮다. 지금 가는 길이 틀린 길인 것 같으면 되돌아가도 되고 옆길로 조금 돌아가도 괜찮다. 아예 다른 길로 가 보아도 된다.

중요한 것은 계속 나아간다는 것이다. 다른 방향으로도 가 보고, 잠시 쉬기도 하면서 어디로든 계속 바지런히 나아가기만 하면 된다. 지금은 쓸모없어 보이는 행동들이 나도 모르는 새에 내 것이 되어 나를 구성할 것이다.

당신을 아껴 주기를

나는 초등학교에 입학하기 전부터 미술 학원에 다녔고, 그 외에도 피아노, 성악, 컴퓨터 등 다양한 것들을 배웠지만 막상 초등학교에 들어가서 선택한 것은 배구 선수였다. 중학교에 입학하면서 배구를 그만두고 복싱 선수가 되었고, 고등학교에 진학하면서는 이과를 선택해 결국 의학을 업으로 삼는 사람이 되었다. 그리고 지금은 또 이렇게 글을 쓰고 있다.

그러면 여태까지 내가 걸어온 길들이 다 헛일이었냐고 묻는다면 그렇지 않다. 재능이 없어 직접 그림을 그리거나 연주를 하지는 못하지만 어릴 적 배웠던 미술과 피아노 덕분에 그림과 음악을 감상할 줄 알게 되었다. 그래서 지금도 종종 전시회나 음악회 같은 곳을 다니곤 한다.

열심히 했던 운동들은 기초 체력과 승부욕을 길러주었고, 그 덕분에 공부할 때 남들보다 더 오래 참고 앉아 있을 수 있다. 지금도 스트레스가 쌓일 때면 러닝이나 크로스핏 같은 운동을 하러 다니곤 한다.

결국 내가 걸어온 모든 길은 비록 조금 돌아가긴 했지만 잘못된 적은 없었다. 그러니 지금 걷고 있는 이

길이 잘못된 것 같더라도 너무 걱정하지 말자. 중요한 것은 속력도 방향도 아니고, 어딘가로 계속 나아간다는 것이다. 내가 과거에 무엇을 했든, 지금 무엇을 하고 있든 모든 경험은 내 재산이 되어 미래의 나를 구성하는 자양분이 될 테니까.

작은 것들을
위한 시

평소 작고 연약한 것들에게 자주 눈길이 간다. 꽃, 풀, 낙엽, 길고양이, 양손에 부모의 손을 한 짝씩 잡고 아장아장 걷는 아기 같은 것들.

여러 가지 모양의 달이 있지만 보름달보다는 상현달을, 상현달보다는 하현달을 더 좋아한다. 이미 가득 찬 것보다는 아직 조금 부족한 것에 더 마음이 가기 때문이고, 차올라가는 것보다는 기울어 가는 것에 더 마음이 쓰이기 때문이다.

꽃이 만개하는 계절도 좋지만 낙화하는 계절을 더 좋아한다. 봄보다는 가을을, 가을보다는 겨울을. 이 역시 피어 가는 것보다 스러져 가는 것에 더 마음이 쓰이기 때문일 것이다.

밑동이 커다란 나무도 좋지만 나무 밑에 떨어져 있는 꽃 무덤이 좋다. 아스팔트 틈을 비집고 돋아난 한 송이 들꽃을 좋아하고, 절벽 사이에서 자란 작은 들풀을 좋아하는 것 역시 비슷한 맥락일 것이다.

이런 것들을 좋아하는 이유는 나와 닮았기 때문일까. 남들은 몰라주는 내 연약함을 나는 알고 있기에, 그 작고 여린 것들을 보며 그 연약함에서 위로를 얻고 싶은 것일지도 모르겠다.

아무도 눈길을 주지 않는 길가의 들꽃도, 이름 모를 들풀도 때가 되면 부단히 피어난다. 한 철도 채 가지 않아 시들어 버리고 사람들이 그 존재조차 모르고 지나치지만, 그럼에도 치열하게 다시 피워 내고야 만다.

나도 그렇게 살아야지. 아무리 작고 연약해도 내 마음이니까 내가 지켜 내야지. 나는 내가 소중히 여겨 줘야지. 내가 돌봐 줘야지. 아무도 몰라주더라도 그렇게 치열하게, 홀로.

당신을 아껴 주기를

✦

시간이 지나며 후회하는 것들

1. 더 많이 사랑할걸

2. 더 빨리 효도할걸

3. 꾸준히 운동할걸

4. 악기 하나 배워 둘걸

5. 외국어 공부 좀 할걸

6. 다른 사람들 눈치 보지 말걸

7. 평생 가져갈 취미 만들어 둘걸

8. 돈 좀 아껴 쓸걸

9. 나를 더 아껴 줄걸

10. 그때 포기하지 말걸

바래고 나서야
빛나는 것들

바래고 나서야 빛나는 것들이 있다. 수십 번도 더 꺼내 본 사랑하는 연인이 준 편지, 오래된 가족 사진, 손때가 묻어 너덜너덜해진 책 같은 것들.

그리고 오랜 시간이 흘러 중간중간 여백이 뚫려 버린, 더 이상 선명하지 않은 기억의 가닥. 그런 것들이 모여 추억이 되고, 추억이라는 이름 아래 빛을 내기 시작한다.

빛난다고 하기엔 본연의 빛을 잃어버린 것들, 바랬다고 하기엔 너무나도 빛나는 것들.

너무나도 바랬기에 바랠 정도로 돌아보았고, 바랠 때까지 간직할 정도로 간절하게 바라던 것들.

우리는 그것을 추억이라 부른다.

당신을 아껴 주기를

무채색

사람마다 고유의 색이 있다면, 나의 색은 무채색이기를 바란다. 아무런 향기도, 색깔도 없는.

누구든 와서 자신의 색을 온전히 꽃피울 수 있는 사람. 빨간색을 띤 사람이 오면 함께 빨간색으로 물들고, 노란색을 띤 사람이 오면 함께 노란색으로 물들어 상대를 편안하게 해 줄 수 있는.

조금 재미는 없을지언정 힘들고 지친 날, 편안하게 와서 쉬었다 갈 수 있는 무채색이고 싶다.

좋은 할아버지가
되고 싶어

얼마 전, 인터넷에서 학창 시절 생활 기록부를 볼 수 있다는 말을 듣고 인터넷에 접속해 내 생활 기록부를 찾아보았다. 내가 다녔던 초등학교는 아직 연동되지 않았는지 중학교와 고등학교 문서만 열람할 수 있었다. 많은 기록이 있지는 않았고 내 성적과 학년별 담임 선생님의 평가, 그리고 학년별 장래 희망이 적혀 있었다.

중학교 1학년 의사, 2학년 의사, 3학년 의사. 고등학교 1학년 의사, 2학년 의사, 3학년 기업가. 초등학생 때는 경찰, 축구 선수 등 꿈이 다양했던 것 같은데 머리가 조금씩 커 가면서 점차 의사로 굳어져 간 것 같다.

줄곧 의사를 꿈꾸다가 갑자기 기업가로 바뀐 이유는 도저히 기억나지 않는다. 왜냐하면 나는 한 번도

당신을 아껴 주기를

기업가가 되겠다는 꿈을 꾼 적이 없었기 때문이다. 심지어 그 당시 특기와 흥미란에 생뚱맞게 곤충 채집이라고 적혀 있는 걸 보니, 아마 수능 준비를 하다가 살짝 맛이 갔던 모양이다.

이미 성인이 되어 진로가 정해진 지금의 내 꿈은 '좋은 할아버지가 되는 것'이다. 별것 아닌 것처럼 보일 수 있지만 성인이 되고 난 이후부터 간직해 온 소중한 꿈이다.

무슨 꿈이 그리 소박하냐 할 수 있지만 사실 굉장히 어려운 일이다. 사랑하는 사람과 결혼하여 자녀를 갖고, 그 자녀가 다시 자식을 가지는 일. 그리고 그때까지 사랑으로 보살피는 일.

부지런해지지 않고는 해낼 수 없는 일들이다. 그뿐 아니라 아내와 자식들이 힘들어할 때 따뜻하게 안아줄 수 있는 다정한 품을 만들어야 하고, 마음이 아프더라도 때로는 엄격해져야 하며, 자식들에게 자랑스러운 아빠가 되기 위해 나부터 올바른 사람이 되어야 한다.

남들이 보기엔 보잘것없어 보일 수 있지만, 게으르고

마음이 못난 나에게는 하나하나가 태산처럼 높고 어려운 일들이기에 오랜 시간 동안 소중히 간직해 왔다.

비록 작은 꿈이라도 모두가 마음속에 꿈 하나씩은 품고 살았으면 좋겠다. 꿈이 꼭 있어야 하는 건 아니지만, 없는 것보단 있는 게 더 재밌으니까. 꿈은 인생의 방향을 제시해 주기에 꿈이 있으면 내가 해야 할 것이 명확히 보이기 시작한다.

잠을 잘 때도 아무 꿈 없이 깨는 아침보다 꿈꾸는 밤이 더 재밌다. 삶도 마찬가지다. 이정표 없이 맹목적으로 걷는 삶보단 꿈을 가지고 한 발짝씩 나아가는 편이 더 재밌다.

혹시나 꿈이 꿈으로 끝나더라도 괜찮다. 꿈을 꾸는 동안 행복했으니까. 꿈을 향해 나아가는 과정에서 나는 누군가를 만났을 것이고, 무언가를 배웠을 테니까.

그 모든 것들이 지금의 나를 만들었을 것이고, 그때의 나는 또 다른 꿈을 꾸고 있을 테니까.

당신을 아껴 주기를

진심을
전하는 데
서투른 사람

어릴 적에는 누군가를 좋아한다는 게 참 부끄러웠다. 사람이 사람을 좋아하는 데 나이 제한이 없다는 걸 알면서도 또래 여자아이를 좋아한다는 것이 왜 그렇게 부끄러웠는지 모르겠다. 누군가 고백이라도 하면 아이들은 "○○이는 ○○이를 좋아한대요-. 좋아한대요-." 라며 놀려 대기 바빴다.

나도 놀리던 아이들 중 한 명이었는데 사실 그런 용기가 내심 부러웠다. 겉으로는 이성에 관심 없는 척했지만 그건 사실이 아니었고 나도 남몰래 좋아하는 아이가 있었으니까. 아마 나뿐만 아니라 같이 놀려 대던 아이들 대부분이 그랬을 것이다.

어른이 되면서는 상황이 많이 바뀌었다. 어릴 적의 연애는 'A가 B를 좋아하는데 알고 보니 B도 A를 좋아한대.' 같은 것이었다면 어른의 연애는 쟁취하는 것이었다. 누군가를 좋아하면 상대방도 알 수 있도록 티가 나게 자신의 마음을 드러내야 했고, 꾸물거렸다간 다른 사람에게 빼앗기기 십상이었다. 용기 있는 자가 미인을 얻는다는 말처럼 사랑을 얻기 위해서는 끊임없이 용기를 내야 했다.

그렇게 서로가 서로에게 마음을 표현하며 성숙한 사랑을 해 나가는 와중에 아직도 어린 시절의 자신에게서 벗어나지 못하는 사람들이 있다.

진심을 전하는 데 서투른 사람. 진심은 말하지 않아도 전해져야 하는 것이 아니냐고 말하는 사람. 조금 더 솔직히 말하면 진심을 전할 용기조차 없어 말로 표현하지 않아도 상대가 알아서 자신의 마음을 알아채고 먼저 다가와 주기를 바라는 사람.

그런 사람은 기회가 오더라도 결국 사랑하는 사람에게 사랑한다는 말 한마디, 떠나려는 이에게 떠나지 말라는 말 한마디조차 건네지 못한 채 오랜 시간을 아파하며 산다.

말하지 않아도 전해지는 마음 같은 것은 없다. 우선 나부터도 상대방이 말해 주지 않으면 그가 원하는 것이 무엇인지 알 수 없고 상대방의 마음이 어떤지 몰라 항상 불안해하니까. 그래서 연인들은 항상 사랑을 확인받고 싶어 하고, 또 확인시켜 주기 위해 갖가지 달콤한 말들로 사랑을 속삭이곤 한다.

인간은 미지의 영역을 맞닥뜨릴 때 항상 좋지 않은 쪽을 먼저 생각하는 본성이 있다. 최악을 상상하다가 좋은 일이 생기는 것은 괜찮지만, 최고를 상상하다가 좋지 않은 일이 벌어지면 무너져 내리기 때문이다.

상처받는 것이 두렵더라도 우리는 마음을 전해야 한다. 말하지 않으면 아무것도 알 수 없고, 전해지지 않은 진심은 상대를 외롭게 할 뿐만 아니라 나를 고립시키기도 하니까.

그러니 우리 조금만 더 용기를 내자.

사람이
향기로
기억되는 건

마치 세상을 혼자 살아가는 것만 같지만, 실은 나도 누군가의 온기를 통해 살아가고 있었다는 사실은 몸과 몸이 붙어 있을 때가 아니라 나를 지탱해 주던 그 몸이 사라졌을 때에야 알 수 있다.

왜 소중한 것들은 잃고 나서야 그 가치를 깨닫는 것인지. 나는 그것이 슬펐다. 그것이 오롯이 내 것이고 마음껏 누릴 수 있을 때는 소중함을 모르다가 잃고 나서야 진정한 의미를 알게 된다.

우리는 종종 소중한 것이 곁에 있을 때는 그것이 얼마나 소중한지, 얼마나 행복한 일인지 모르고 당연시하곤 한다. 가끔은 함부로 대하기도 하고 외롭게 홀로 두기도 하다가 잃고 나서야 후회한다. 더 이상 내 것이 아님을 깨닫고 눈물을 흘리며 붙잡아 보아도 그때는

당신을 아껴 주기를

이미 늦었다. 떠난 마음에는 꼬리가 없기에.

더 이상 소중한 것들을 잃고 싶지 않지만 아무리 소중한 것이라도 언젠가는 무뎌지고, 인간은 계속해서 같은 실수를 반복하며 망각하는 존재이기에 나는 계속해서 무언가를 잃어만 간다. 때로는 사랑을, 때로는 우정을, 때로는 물질을, 때로는….

어느 날, 편지 한 장만 남겨 두고 나를 떠난 사람이 있었다. 그 편지에는 내가 좋아하던 그 사람의 향수가 뿌려져 있었고 이후로 그 사람은 내게 향기로 기억되고 있다. 사람이 향기로 기억되는 건 그리움이 남아 있기 때문이라는데, 오랜 시간이 지난 지금까지도 그 사람의 향기만은 또렷이 기억나는 걸 보니 나는 아직 그리워하고 있나 보다.

나도 그런 사람이 되어야겠다. 내가 칠칠치 못해 소중한 것들을 잃을 수밖에 없는 사람이라면 나도 누군가에게 소중한 사람이 되어야겠다. 그래야 내가 잃어버려도 그들이 다시 나를 찾아올 테니까.

서로 다른 길을 걷다가도 문득 떠오르는 사람. 바람

에 실려 오는 꽃향기에서 설핏 느껴지는 사람. 특정한
기억보다는 향기로, 분위기로 기억되는 그런 사람.

당신을 아껴 주기를

우리
함께 걸을까

황수영 작가는 '사람을 외롭게 하는 것은 어떤 특별한 것들이 아니라 어디에서나 볼 수 있는 흔한 것들'이라고 했다. 모두가 가지고 있는 것 같지만 나에게는 없는 것. 손을 뻗으면 닿을 듯 가까워 보이지만 결코 닿지 않는 것. 나에겐 사랑이 그랬고 행복이 그랬다.

아무리 열심히 노력해도 내가 사랑하는 것들은 하나둘 내 곁을 떠났고, 아무리 열심히 돈을 벌어도 행복은 점점 멀어져 갔다. 어디에나 존재하고 모두들 쉽게 하는 것들이 나에게는 참 멀게만 느껴졌다.

사랑하는 것들이 떠나갈수록 나는 더욱 사랑을 갈구했고, 행복이 점점 멀어질수록 더 앞만 보고 달렸다. 내가 대단한 사람이 되면 사람들이 나를 사랑해 주겠지. 열심히 하면 모두가 알아봐 주겠지. 그러면 조금 더 행복해지겠지.

하지만 정말 사랑받고 싶고 행복하고 싶다면 앞만 바라볼 게 아니라 주위를 잘 둘러봐야 하는데 나는 그걸 몰랐다. 소중한 것들은 항상 내 곁에 머무르며 내가 바라봐 주길 조용히 기다렸지만, 조급한 마음에 앞만 보느라 모르고 지나쳤다.

어쩌면 우리는 삶이라는 걸 너무 어렵게만 생각했던 건 아닐까. 꼭 무언가 대단한 것이 되어야 한다고, 매일을 완벽하게 살아 내야만 한다고, 매 순간 있는 힘껏 최선을 다해야만 한다고.

지금 돌이켜보면 꼭 그래야만 했던 건 아니었는지도 모르겠다. 힘이 들 땐 잠시 쉬면서 주변의 경치도 바라보고, 바람도 쐬고, 햇볕도 쬐면서 그리 살아도 괜찮지 않았을까. 내가 어찌할 수 없는 일에 너무 마음 졸이며 애쓰거나 떠난 인연에 미련을 두기보다는 그저 흐르는 대로 살았어도 괜찮지 않았을까.

당신을 아껴 주기를

꼭 거창하고 대단하게 살 필요는 없으니 너무 앞만 보고 달리지 말고, 가끔은 뒤도 돌아보고 옆도 바라보면서. 뒤처진 사람은 뒤에서 밀어주고, 옆에서 함께 걷는 이와 발을 맞추며, 그렇게 내 사람들과 함께 소소하게 행복하고 싶다.

그랬다면 내 삶도 조금은 달라지지 않았을까. 멀게만 보이는 사랑이나 행복 같은 것들도 내 곁에 조금 더 오래 머무르지 않았을까.

아름다운
사람

내 자존감은 자주 널뛰기를 한다. 어느 날, 샤워를 하고 화장실 거울에 비친 내 모습을 보면 참 잘생겨 보이다가도 미용실에 가서 진실의 거울을 마주하면 어떻게 이렇게 못생겼지 싶다.

필터가 잔뜩 낀 앱으로 셀카를 찍고 나면 '나 좀 생겼네.' 싶다가도 남이 찍어 준 내 모습을 보면 '와, 진짜 못생겼네.' 싶다. 아마 기본 카메라로 찍힌 내 모습이 실제 내 모습과 더 가까울 것이다.

외모뿐만 아니라 마음도 그랬다. '나는 자존감이 높아서 남의 눈치 같은 건 보지 않아.' 라고 생각하다가도 어느새 슬슬 눈치를 보고 있는 나를 발견했고, '나는 똑똑하니까 무슨 일을 해도 잘 해낼 수 있을 거야.' 라고 여기다가도 막상 장애물에 부딪히면 도망

당신을 아껴 주기를

치고만 싶어졌다.

사실 내가 어떤 사람인지는 누구보다 내가 더 잘 알고 있다. 나는 그리 잘난 사람이 아니고 세상엔 나보다 잘생긴 사람도, 돈 많은 사람도, 능력 있는 사람도, 심지어 더 착하고 다정한 사람도 많다. 어떤 부분에서도 나는 특출나지 못하다.

그래도 이제는 그런 나를 탓하거나 부끄러워하지 않으려 한다. 나보다 잘난 사람이 수없이 많다는 것을 알지만 그게 내가 못난 사람이라는 뜻은 아니니까. 사람은 누구나 장점이 있으면서 단점도 있고, 부족한 것 없어 보이는 저 사람도 자신만의 아픔이 있었을 테니까.

'아름답다'의 '아름'은 원래 '나'라는 뜻이라고 한다. 즉 '아름답다'라는 표현이 '나답다'라는 말에서 파생된 말이라는 것이다. 사람은 결국 자기 자신일 때 가장 아름다운 법이다. 맞지 않는 옷을 입어 봐야 어색할 뿐이고 맞지 않는 신발을 신고 달려 봐야 발만 아플 뿐이다.

그럼 도대체 '나답다'는 건 뭘까. 청춘 드라마의 단골 대사 같다. "이러는 거 너답지 않아!", "나다운 게 뭔데요?" 사실 나도 잘 모르겠다. 자존감이 높을 때의 나도 나고, 자존감이 바닥을 칠 때의 나도 나다. 화장실 거울 속의 잘생긴 나도 나고, 미용실 거울 속의 못생긴 나도 나다. (하지만 필터가 잔뜩 낀 셀카 속의 나는 내가 아닐지도.)

게으르고 게을러서 일을 미루고 미루다 항상 마감에 치이는 게으름뱅이도 나고, 마감이 다가오면 능률이 올라 어떻게든 제시간에 일을 끝마치는 능력자도 나다. 그냥 나는 나다. 내가 이것이 나라는데 그 누가 뭐라 할 수 있을까.

내가 좋아하는 내 모습도, 내가 싫어하는 내 모습도 나다. 이런 고민을 하는 것도 나고, 때로는 아무 생각 없이 살아가는 것도 나다. 그러니까 '아름답다'라는 말이 '나답다'라는 뜻이라면 과거의 내가 어땠든지 간에 나는 언제나 아름다웠던 것이다. 나는 언제나 나였으니까.

당신을 아껴 주기를

마지막으로 이 말을 전하고 싶다. 이 세상에 우리보다 더 대단하고 아름다운 사람도 많겠지만, 그렇다고 우리가 아름답지 않은 것은 아니다.

나도, 당신도, 그 자체로 충분히 아름답다.

맺으며

행복이 당신 곁에 머물기를

마지막 장을 덮기 전에 한마디 남긴다면, 진심으로 감사하다는 말을 드리고 싶습니다. 모든 글은 누군가에게 읽힐 때 비로소 의미를 갖고, 작가는 독자가 있어야 존재할 수 있으니까요. 여기까지 함께해 준 당신이 있었기에 이 책도, 저도 온전히 존재할 수 있었습니다. 이 글들이 당신에게 조금은 위로가 되었을까요. 이 글들을 읽으며 조금이라도 따뜻했던 순간이 있었을까요. 부디 지난 삶을 돌이키며 애틋하게 써 내려간 글이 당신의 마음에 닿았기를 바랍니다.

책의 마지막 페이지를 덮는다고 모든 것이 끝나는 것은 아닐 겁니다. 책을 읽으며 떠올린 생각들, 느꼈던 감정들이 마음에 흔적을 남겼을 테니까요. 이 이야기의 조각들이 당신의 하루 어딘가에서 문득 떠오르기를 바랍니다. 그리고 당신에게 조금이나마 힘을 주고 위안이 되기를 바랍니다.

살다 보면 힘든 날들이 많습니다. 저 역시 그랬기에 수많은 밤을 걱정으로 뒤척였고, 흐느끼며 깨어나는 아침도 있었습니다. 그런 삶이라도 붙잡고자 시작한 것이 글쓰기였습니다. 그래서 저에게 글이란 삶에 대한 유서이자 연서였고, 아픔이자 치유였습니다. 이별이자 사랑이었으며, 자신에 대한 증오이자 연민이었습니다.

그러니 감사합니다. 읽어 주시는 분들이 있었기에 여태껏 글을 쓸 수 있었고, 그 덕에 또 하루를 살아갈 힘을 얻습니다. 혹자는 제 글을 통해 위로를 받는다고 고마움을 표하지만, 사실 그보다 더 큰 위로는 제가 받고 있으니 어찌 감사하지 않을 수 있을까요.

그렇게 써 내려간 글들이 모여 한 권의 책이 되었습니다. 우리의 삶도 다르지 않을 거라 생각합니다. 하루하루 적어 낸 생각의 파편들이 어우러져 한 권의 책이 되듯, 우리가 살아 낸 하루하루가 쌓여 삶이 됩니다. 그러므로 당신이 매일 행복했으면 좋겠습니다. 어찌 삶이 항상 행복할 수 있겠느냐마는, 그래도 틈틈이 행복하기를 바랍니다. 아무리 삭막한 세상이라 하더라도 사소한 행복 하나쯤은 늘 곁에 있을 테니까요. 괴로운 순간에 시선을 빼앗기기보다는 그 속에서도 행복을 발견할 수 있는 우리가 되었으면 좋겠습니다.

사람들은 삶이 한 번뿐이라고 말하지만, 사실 한 번뿐인 건 죽음일지도 모르겠습니다. 삶이 한 번뿐이라기엔 어제도 삶이었고, 오늘도 삶이고, 내일도 삶일 테니까요. 우리는 그렇게 매일을 살아야 하니까요. 바라건대 건강하세요. 한 번 크게 앓고 나니 건강이 얼마나 소중한지 깨닫습니다. 제 곁에 머무르고 있는 사람도, 이미 떠난 사람도, 이 글을 읽고 있는 당신도 모두 건강하기를 바랍니다.

이별은 언제나 아쉽지만 그 뒤엔 새로운 만남이 있을 거라 믿습니다. 우리가 또 다른 이야기로 다시 만날 수도 있을 테니 너무 아쉬워하지만은 않겠습니다.

그럼, 이만 글을 마칩니다.

바라건대,
더 이상 긴긴밤을 홀로 고독 속에서 지새우지 않기를.
지칠 때면 언제든 기대고 따뜻하게 품어 주며
그렇게 서로를 믿고 함께 새벽을 맞이할 수 있기를.

당신이 정말로 잘됐으면 하는 마음에

1판 1쇄 발행 2025년 04월 21일
1판 2쇄 발행 2025년 05월 16일

지 은 이 태 오

발 행 인 정영욱
편 집 총 괄 정해나
기 획 편 집 박주선
홍보디자인 이정아
마 케 팅 정지은 박건우 원희성 김현서 함유진
마케팅지원 정지상

펴 낸 곳 (주)부크럼
전 화 070-5138-9971~3(도서기획제작팀)
홈 페 이 지 www.bookrum.co.kr
이 메 일 editor@bookrum.co.kr
인스타그램 @bookrum.official
블 로 그 blog.naver.com/s2mfairy

ⓒ 태오, 2025
ISBN 979-11-6214-540-1(03800)

• 파본은 구입하신 서점에서 교환해드립니다.

• 이 책은 주식회사 부크럼과 저작권자와의 계약에 따라 발행한 것이므로 본사의
서면 허락 없이는 어떠한 형태나 수단으로도 이 책의 내용을 이용하지 못합니다.

• 오탈자 및 잘못 표기된 부분은 위 이메일 주소로 보내주시면 감사하겠습니다.